ハナミズキ

ガンバレ

ハナミズキ

吉田紀子

幻冬舎文庫

ハナミズキ

——ハナミズキ

ミズキ科の落葉性花木。

春、桜の季節が終わった頃に、白やピンク色の花を咲かせる。

花言葉　「返礼」

ハナミズキ

作詞／一青窈　作曲／マシコタツロウ

空を押し上げて
手を伸ばす君　五月のこと
どうか来てほしい
水際まで来てほしい
つぼみをあげよう
庭のハナミズキ

薄紅色の可愛い君のね
果てない夢がちゃんと終わりますように
君と好きな人が百年続きますように

夏は暑すぎて
僕から気持ちは重すぎて
一緒に渡るには
きっと船が沈んじゃう
どうぞゆきなさい
お先にゆきなさい

僕の我慢がいつか実を結び
果てない波がちゃんと止まりますように
君と好きな人が百年続きますように

ひらり蝶々を
追いかけて白い帆を揚げて
母の日になれば
ミズキの葉、贈って下さい
待たなくてもいいよ
知らなくてもいいよ

薄紅色の可愛い君のね
果てない夢がちゃんと終わりますように
君と好きな人が百年続きますように
僕の我慢がいつか実を結び
果てない波がちゃんと止まりますように
君と好きな人が百年続きますように
君と好きな人が百年続きますように

目次

初恋　1976

　夏とはいえ、昨夜の雨に冷やされた北海道の朝の空気は、ゾクッとするほど冷たい。北館良子《りょうこ》は軽く身震いしながらも、窓を開けたまま車を走らせていた。極度の疲労でぼうっと霞《かす》みがちになる頭を、新鮮な空気がしゃきっとさせてくれるような気がしたからだ。

　昨晩は二人の妊婦の分娩が重なり徹夜での勤務となった。体はくたくたで、頭もぼんやりしていたが、どこかに分娩の際のぴりぴりするような緊張感の余韻が残っている。

　車を走らせながら、良子の視線は無意識のうちに海へと向かった。海沿いの道から見える風景は彼女のお気に入りだった。海を見守る灯台と柔らかな海岸線。外国のポストカードを思わせる美しさと、胸を締め付けられるような懐かしさ、そして何かが始まりそうなわくわくするような気持ちが、この光景を見る度に一時《いっとき》に押し寄せた。

　海岸線をなぞっていた視線がふと一点で止まった。毎日、眺め続けてきた海岸線に、かすかな違和感を覚え、良子は咄嗟《とっさ》にブレーキを踏み、目を凝らした。次の瞬間、エンジンを切り、うまく動かない手でシートベルトを外すと、海岸に向かって勢いよく走りだす。

何度も転びそうになりながら駆けつけた先の岩場には、若い男の死体が横たわっていた。

美しい死体だった。蒼白な顔は整っているがゆえに人間味が感じられず、マネキンのように見えた。波をかぶったのか、履き古したスニーカーから少し長めの真っ黒な髪の毛まで、全身びっしょりと濡れている。

良子は無意識のうちに、男の顔に手を伸ばしていた。そっと触れた頬は冷たくこわばっている。はっと手を引っ込めようとした良子は、死体のまぶたが微《かす》かに震えたことに気付いた。

まさか、生きている？

良子は自分が看護婦にあるまじき思い込みをしていたことに気付いた。まず、呼気や脈を見て、意識を確認するところを、なぜか死体だと頭から思い込んでいたのだ。

良子は慌てて男の手首を取り、脈を探った。ゆっくりと落ち着いた脈拍が良子の指に伝わってくる。

良子が安堵《あんど》の息を吐いた途端、男がぱっと目を開いた。

「カメラ」

開口一番、男はそう言った。

「カメラ？」

おぼつかない口調で良子が繰り返すと、男はがばっと身を起こし、辺りをきょろきょろと見回した。良子も一緒になって周囲の岩場に目を配る。

少し離れた所に、一台の古いカメラがぽつんと落ちていた。慌てて拾い上げて差し出すと、男はカメラをぎゅっと抱きしめて、ほおっと長い息を吐いた。

「よかった。このカメラは僕の命なんだ」

しみじみと呟《つぶや》かれたその言葉は、死体のように行き倒れていた男が口にすると妙におかしくて、良子は思わずぷっと吹き出した。男はきょとんとした表情を浮かべたが、一瞬遅れて一緒になって笑いだした。

男は平沢圭一といった。フリーカメラマンを自称し、日本中どころか、世界中を放浪しながら、気の赴くままに写真を撮影している男だった。

圭一は灯台の写真を撮ろうとシャッターチャンスを待っていたところ、いつの間にか意識を失っていたのだという。呆《あき》れたことに、無一文でこの地に流れ着いた彼はもう丸三日も何も口にしていなかった。

「いやあ、人って三日ぐらいだったら、食べなくてもなんとかなるものだね」

「なんとかなっていないから、倒れていたんでしょう」

あまりに呑気《のんき》な圭一を、良子は思わず叱りつけていた。圭一にはどこか母親のようにぴしゃりと叱ってやりたくなる雰囲気があった。同時に、母親のように何から何まで世話を焼いてやりたくなるようなところも。

良子は圭一を家に連れて帰り、まず空腹を満たしてやった。圭一は遠慮することもなく、彼女が慌てて作った野菜炒めと炊飯器に残っていた三合ほどのご飯を「おいしい、おいしい」と繰り返しながら全てぺろりと平らげた。そして、満足しきった猫がそうするように、体を丸めて寝入ってしまった。

そのあまりに無防備な姿に良子は呆れつつ、自分の中に優しい気持ちが満ちていくのを感じた。この人がお腹《なか》をすかせないように、寒くないように、苦しくないように手を差し伸べてあげたい。出会ったばかりの相手に、そんな気持ちを持つのが不思議だった。

カーテン越しに差し込む柔らかい光の中で眠る圭一を見ていたら、忘れていた眠気が押寄せてきて、良子は圭一と一緒になってぐっすり寝入ってしまった。

夜、良子が病院に出勤する時間になっても、圭一は眠り続けていた。

良子は畑仕事から帰った両親を説得し、行くところがない圭一をしばらく家に置くことを了承させた。父は「どこの誰とも知れない奴を」と渋っていたが、それでも良子の必死さに根負けする形で受け入れた。

そして、〝しばらく〟は、当分の間になった。

本人の人なつっこい性格に加え、良子の兄夫婦が同居している大家族ということも幸いしたのだろう、圭一はまるでずっと以前からそこにいたかのように良子の家に馴染《なじ》んだ。父だけはいつまでも圭一の存在に苦い顔をしていたけれど、追い出すことまではしなかった。

圭一は家のこまごましたことを嫌な顔一つせず手伝った。母と一緒に台所に立つ様《さま》がよくできた新妻のようだと良子はよくからかった。

「良ちゃんのお嫁さんになるならいいかもなあ」

圭一は笑った。

良子と圭一が恋に落ちるのは時間の問題だった。

だが、圭一と付き合いだした途端、良子は不安にさいなまれるようになった。それは、圭一が突然姿を消してしまうのではないかという不安だった。圭一が誰に対しても昔からの親友のように接するのを目にする度に、その不安は募った。

やがて圭一は漁港で仕事を見つけ、働くようになった。それでも良子の不安は消えなかった。

良子の仕事が休みになると、二人は連れ立って最初に出会った灯台へ出かけた。

灯台に向けてシャッターを切り続ける圭一の姿を、良子が眺める。良子は圭一の真剣な表情を見ているだけで幸福だった。

圭一が撮影した灯台の写真は優しく温かい。なのにいつもどこか孤独な雰囲気が漂っていた。

初恋　1996

ハナミズキ。その花の名前を平沢紗枝《さえ》に教えたのは、彼女の父だった。家の庭にハナミズキの種を植えた幼い日のことを、紗枝は父の柔らかな笑みと共にはっきりと覚えている。

父は紗枝が五歳の時に亡くなった。三十二歳という若さだった。

父の残したハナミズキは紗枝がちょうど十歳になった日に、初めて小さなつぼみをつけた。以来、毎年、春になる度に薄紅色の花を咲かせている。

紗枝はハナミズキの花が好きで、花が咲く度に飽かずに眺めた。桜のように、潔《いさぎよ》い凄味《すごみ》のある美しさとは違う、もっと大らかで柔らかい、包容力のある美しさが彼女の心を惹《ひ》きつけた。満開のハナミズキの下に立つ度、紗枝は父の存在を感じた。

その日も紗枝はハナミズキの下に立っていた。夏休みもあと三日を残すばかりとなった今、ハナミズキに花の姿はなくつやつやと光る緑の葉が風に揺れている。そこには春とはまた違う力強い顔があった。紗枝はハナミズキの木からエネルギーを分けてもらおうとでもいうように、その幹にそっと触れた。

大切な日だった。早稲田大学の推薦を取るための校内選抜試験が高校であるのだ。親友のみなみは絶対に大丈夫と太鼓判を押してくれたけれど、紗枝は、みなみが思うほど自分を信じられずにいた。実際、成績はトップクラスだったけれど、それは人一倍努力したからだ。

自分はそんなに頭もよくないし、器用でもない。

そう思ったからこそ、彼女はこつこつとした努力がより反映される推薦入試を選んだのだ。推薦を取るための成績に問題はないはずなのに、試験に向かう紗枝の心にはどこか不安があった。

ハナミズキの木を見上げて、ゆっくりと深い呼吸を繰り返す。家の中から、母・良子の大きな声が聞こえてきた。

「紗枝、ぼーっとしてたら、遅れるよ！　汽車に乗り遅れたらどうするの」

ぱっと振り返ると、庭に面した廊下にあきれ顔の良子が立っている。

「わかってるってば。行ってきます」

紗枝は顔をしかめてみせると、制服のスカートをひるがえし、急いで家の脇に停めてある自転車に駆け寄った。

良子の心配は決して大げさなものではない。一本逃すと、次の汽車まで三時間は待たなければならない。紗枝が住んでいるのは、そんな田舎町だった。

「今日、お母さん夜勤だから」

紗枝を送り出しながら母は言った。

良子は、隣町の病院で看護師をしている。

「行ってらっしゃい。がんばるんだよ」

「うん」

自転車に手をかけようとした時、紗枝の耳にエンジン音が届いた。軽トラックがこっちに向かって走ってくる。窓からいかつい顔の男が手を振っている。

「真人《まさと》兄ちゃん！」

近所で酪農をしている母の幼馴染・遠藤真人のトラックだった。近所といっても、お互いの家が見えないほどの距離なのだが。

「おう、紗枝！　何だ学校か？　ホラこれ牛乳！　飲んでけ！」

真人がうれしそうに牛乳ビンを差し出す。

「時間なーい！」

紗枝はそう言うと自転車をグイグイと漕《こ》ぎ出した。

真人は用もないのに年中何かにかこつけては、紗枝の家にやって来た。母の顔が見たいのだ。真人が昔から良子のことを好きなのは有名な話だ。良子も良子で、そうと判っていながら、戸の建てつけが悪いだの、水道の調子が悪いなどと言っては真人を呼びつけ、便利屋のように真人を使っていた。おかげで真人はいまだに独身だ。

相手が思いを受け入れてくれなくても、結婚してしまっても、ずっと一人の人を思い続けるというのはどんな感じなんだろう、自転車を漕ぎながら紗枝はふと考える。

片思いも経験していない紗枝には、うまく想像することもできなかった。

釧路に向かうローカル列車はたった二輛の編成なのに人影もまばらだった。紗枝は誰も座っていないボックスシートに腰かけた。

走りだした汽車の窓からは、したたるような緑の大地がどこまでも広がっていた。それは一幅の絵画のように美しい光景だったが、毎日のように目にしている紗枝にとっては特に珍しいものでもない。

彼女は窓の外には目もくれず、すぐさま単語帳を開いた。めくる前から次の単語が頭に浮かぶほど繰り返し覚えたはずの単語帳を、紗枝は必死になってめくっていく。これまで覚えたことが自分の中にきちんと留《とど》まっているのか不安で、確認せずにはいられなかった。

ふと視線を感じた。顔を上げると、ひとりの青年と目があった。見知らぬ青年だ。紗枝は、彼を見てドキンとした。

青年は慌てて視線を外した。

あまりに分かりやすい慌てぶりだった。

それからも何度か紗枝は青年の視線を感じた。彼女が単語帳から顔を上げ、逃げ遅れた目を捉《とら》えると、その度に、彼はバツの悪そうな曖昧《あいまい》な笑みを浮かべながら目を逸《そ》らした。

その時だった。耳に突き刺さる鋭いブレーキ音と共に体が大きく揺さぶられる。

汽車が急停車したのだ。紗枝は思わず前の座席に倒れ込みそうになった。

おそるおそる体勢を立て直し、周囲を見渡す。窓から外の様子をうかがうが、飛びだした運転士たちが汽車の先頭付近にしゃがみこむのが見えるだけで、何が起こったのかまでは分からない。

紗枝は腕時計で時間を確かめた。八時四十分。試験は十時からだ。

すぐに運転が再開されないと、間に合わなくなるかもしれない。

紗枝は不安にさっと血の気が引くのを感じながら、単語帳とノートを鞄にしまった。もう勉強どころではない。

とにかく事情を運転士に聞こうと腰を浮かした瞬間、車掌が出てきてのんきな声で言った。

「お客様にお知らせいたします。ただいま鹿に衝突しました」

「鹿？」

紗枝と青年は同時に声を上げ、思わず顔を見合わせた。

原野の草をかき分け、紗枝は必死で走っていた。確か、国道をバスが通っているはずだ。気がつくと後ろをさっきの青年も走っている。二人は、必死に走った。

遠くにぽつんとバス停らしいシルエットが見えた。その時、道の向こうから近付いてくるバスの姿が目に入った。

これで何とかなるかもしれない。紗枝は大声を上げながら、バス停に向かって全力で走りだした。

「待って！　乗ります！」

声を限りに叫ぶ。しかし、バスは無情にも一時停車することなく、バス停を通り過ぎていった。

バスの去ったバス停に紗枝は呆然と立ち尽くしていた。

時刻表を確かめると、八時四十五分というバスがあった。さっきのバスだ。次のバスは三時間後。紗枝は落胆のあまり崩れおちそうになった。

「急いでるんだべ」

紗枝に声をかけたのは、先ほどの青年だった。青年のやわらかく深い声に、紗枝は顔を上げた。

「大事な用なのか」

「試験……なんです」

「試験？　俺も！」

「ほんとに？」

困ったように笑う青年に運のない者同士の共感を覚えて、紗枝は少しだけ警戒心を解いた。

「試験、何時から？」

「十時」

紗枝は時計に目を落とす。針は八時五十分を指していた。

このままでは、ずるずると時間だけが過ぎていってしまう。

「私、歩きます」

紗枝はいてもたってもいられず、青年を残し、バスが消えていった方向に決然と歩き出した。ぼんやりと立っているより、少しでも歩いた方がいい。もしかしたら、車が通りかかって乗せてくれるかもしれない。

「なあ、まさか、歩いていこうっていうのか。駅までどんだけあるか」

青年が後からぴったりついてくる。

「他に何か方法があります？」

「近くの家に行けば電話も借りられるし、車出してもらえるかもしんねぇ」

紗枝はぴたりと立ち止まり、振り返った。

まっすぐ視線を紗枝に向けていた青年は、またさっと目を逸らし、誤魔化すように乱暴に頭をかいた。


紗枝に話しかけた青年――木内康平は自分のとった行動に内心驚いていた。知らない人物、しかも、同年代の少女に話しかけるなど、あまりに自分らしくない行動だった。

康平は水産高校に通う漁師の卵だった。幼い頃からの腐れ縁でつるんでいる沢木洋と大野保をはじめ、学校でも、放課後に向かう漁港でも、顔をあわせるのは荒っぽい男ばかり。会話を交わす女性といえば、母や妹ぐらいのものだった。

そもそも他人がこれほど気になるのも、康平にとって初めてのことだった。

汽車で紗枝を見かけた瞬間から、視線を外せなくなったのだ。

さらさらと流れおちる黒い髪や意志の強そうな大きな瞳。思わず目を奪われるほど、彼女には清楚《せいそ》な美しさがあった。

何より康平の目を惹きつけたのが、彼女の表情だった。手元の単語帳に目を落とす彼女の顔は、真剣で、まるで見えない何かと戦っているようだった。その表情が、康平は自分でも不思議なほど気になった。

今も紗枝は堅い表情をして黙っている。康平はその様子をちらちら見ながら、近くの農家へと急いだ。

紗枝には近くと言ったものの二十分ほどかかった。

「すみませーん。あのすみませーん。誰かいませんか！」

大声で呼びかけるが返事はない。鍵は開けっぱなしなのに家の中には誰もいないようだ。

「ダメだ。畑に出てるみたいだ」

息を切らしながら紗枝に報告する。紗枝はそれには答えず、庭先の軽トラックの中をじっとのぞきこんでいた。その視線の先に、トラックのキーが刺さったままになっていた。

「あの…………運転ってできます？」

紗枝の唐突な質問に、康平が答えるまでに少し間があった。

「……運転はできっけど、一応」

「したら、これ借りません？」

思いつめた表情で、紗枝はとんでもない提案をした。その切実な口調に押されて康平はしどろもどろになる。

「い、いやあ、でもそれはちょっと、さすがに……」

「大丈夫。メモに連絡先書いて置いておけば……。たぶん」

「いや、だけど……」

康平は口ごもる。無断で車を借りるのも気がとがめたし、何より彼には車を運転するわけにはいかない理由があった。

しかし、一方で、彼女の力になってやりたいという気持ちもあった。

「間に合わないと困るの」

切羽つまった声だった。

「お願い。私の人生かかってるの」

紗枝の切実な目がまっすぐに、康平の目を捉える。一瞬、その目に吸い込まれそうな気がした。

康平は意を決すると、トラックのドアに手をかけた。

最初に二度ほどエンストを起こしたものの、トラックは順調に走りだした。車通りがないのをいいことに、制限速度を超えてトラックは疾走する。

ハンドルを握る康平の肩には明らかに力が入り、ガチガチになっている。異様な緊張感を漂わせる康平の様子に、紗枝はまるで気付かず、時計の針ばかりを見ていた。

「今、何時」

まっすぐ前を見たまま、康平は尋ねる。「九時半」と紗枝が短く答えると、康平はさらにアクセルを踏んだ。

「あっ」

突然、紗枝が上げた声に、康平はびくっと身をすくませる。

「な、何？」

「そっちの試験は？　間に合います？」

自分の試験のことなどすっかり忘れていた康平は苦笑いしながら、曖昧に首をひねった。

「……まあ、多分」

「本当？　したらいいけど」

康平の言葉を素直に受け取った紗枝は、ほっとしたように小さな笑みを漏らした。

しかし、その笑みもすぐに曇ることになった。

道の先をのろのろと走るトラックがふさいでいたのだ。

スピードを落とした康平はいらいらとトラックの様子をうかがった。トラックには二頭の牛が積まれていて、いら立つ康平に円《つぶ》らな瞳を向けている。その牛たちの長閑《のどか》な様子がかえって康平の焦りを募らせた。

クラクションを何度か鳴らして、こちらの存在を知らせたが、トラックのスピードに変化はない。牛が少し驚いた様子を見せただけだった。

さらに焦《じ》れた康平は強硬手段に打って出た。追い越しに踏み切ったのだ。

しかし、左にウインカーを出すところ、うっかりワイパーを作動させてしまい、康平は慌てた。あたふたとワイパーを止め、改めてウインカーを出すと、勢いよくアクセルを踏んでトラックに並ぶ。

そのまま一気に追い越そうとした時、右手の農地から大きな影が飛び出してきた。

耕運機だ。

そう思った瞬間、康平は大きな叫び声を上げ、反射的にハンドルを切っていた。軽トラックは間一髪、耕運機をかわしたものの、大きく道をそれて牧草地に突っ込んでいった。でこぼこした地面を車が跳ねるように進む。紗枝はシートベルトを握りしめながら、悲鳴を上げている。康平もハンドルにしがみつきながら、絶叫することしかできなかった。

死ぬかもしれない、そんなことまで二人の頭をよぎった矢先、軽トラックはあっけなく、牧草地のくぼみにつんのめるようにして、停止した。

それから事態は二人が想像だにしなかった方向に進んだ。耕運機に乗っていた男が念のためにと通報し、警察が駆けつけたのだ。

二人が無断で車を借りたことは、すぐに警官に知られるところとなった。そして、警官は紗枝が知らなかった事実もつきとめた。

康平は無免許運転だったのだ。夏休みを利用して教習所にかよっていた康平に一応、仮免許は交付されており、今日の筆記試験に合格すれば免許が取れるはずだった。しかし、そんなことは言い訳にもならない。法律違反には変わりなかった。

「試験って、運転免許の試験だったんだ……」

紗枝は、そうぽそりと呟いたきり、何も言わなくなってしまった。あまりにも沈黙が気まずくて、警官から事情を聞くと言われ、康平は少しほっとしたほどだった。

鹿による電車事故の話を聞くと警官は少し同情的な様子を見せたが、それでも、どうして勝手に車を借りたのだと尋ねることは忘れなかった。

「いや……トラックに鍵がついてたんで、つい。後で断ればいいって俺が無理矢理この人誘って」

その言葉に黙りこくっていた紗枝も思わず口を開こうとしたが、康平は目で制した。

紗枝は康平を驚いたように見た。しかし、ふっと目をそむけると、手を堅く組んだままうつむいてしまった。

それから二人は別々に話を聞かれることになった。

警官にこってり絞られた康平は、血相を変えて駆けつけた母・美保子に引き取られて家に帰った。

紗枝もまた、病院から看護師の制服姿のまま駆けつけた良子とともに家に戻った。

家に着いた康平を待っていたのは、漁師の父・健二郎の鉄拳だった。健二郎は、康平の話を聞こうともせず、いきなり顔を殴りつけた。骨と骨がぶつかる感触がして、次の瞬間、康平は床に倒れ込んでいた。

「先方に怪我《けが》がなかったからよかったものの。大体、お前のやったことは窃盗だべ」

頬がじんじんと痛む。口の端も少し切れたようだ。

「だ、だけどあの場合」

「男が言い訳するな」

倒れ込んだままの康平を健二郎が蹴《け》りつける。

子供の頃から父は厳しかった。悪いことをするとすぐにげんこつが飛んできた。言うことを聞かないからと、いきなり船に乗せられ沖へ行き、海に放り込まれたこともあった。

「お父さん、康平が怪我する！　怪我するって」

美保子が身をていして康平をかばう。

「お父さん、血圧あがるって。お願い、もうやめて！」

美保子は叫ぶように言うと、健二郎の腕を強くつかんで、声もなく泣きだした。その涙を見た途端、健二郎は少しバツの悪そうな顔をした。

「二度とすんな」

そう言い残し、健二郎は部屋を出ていった。

康平はのろのろと身を起こす。改めて謝ると、美保子は涙でぐしょぐしょになった顔を歪《ゆが》めて、康平を安心させるように笑った。

痛む頬をおさえながら康平は自分の部屋に戻る。

部屋では妹の美加がにやにやしながら待ち構えていて、「兄ちゃん、またお父さんに怒られたの？」とからかうように尋ねた。それには答えず、康平は自分の机に向かうと、作りかけの船の模型を手に取った。

素朴というより、簡素な模型だったが、康平にとっては大事なものだった。拾った廃材にこつこつとヤスリをかけ、ようやく船らしい形まで整えてきたのだ。

康平は机のスタンドをつけ、ヤスリを手に取る。凸凹した表面を整えることだけに心を集中させるうちに、ゆっくりと心が凪《な》いでいくのを感じた。

健二郎とは夕食の間も一切口をきかなかったが、それでも康平はいつものように明日の漁に備え、準備をした。漁をさぼったら、負けのような気がした。それに、今は昆布漁の最盛期だ。一人でも多く人手が欲しい時に手伝いを抜けるわけにはいかなかった。家族総出でやらなければ、成り立たないのが漁家の仕事だ。

昆布漁の朝は早い。目覚まし時計がけたたましい音を立てたのは朝の四時だった。なかなかもちあがろうとしないまぶたの隙間《すきま》から時間を確認すると、康平は体を起こした。

冷たい水で顔を洗い、着替えてから、階下に降りると、健二郎はもう既に待ち構えていた。

無言で家を出る父の背中に続く。

まだ明けきらない朝の空気はひやりと冷たかった。

人気《ひとけ》のない港に向かい、健二郎は薄暗い空と海をじっと眺めた。漁に出るかどうかを計っているのだ。健二郎は旗持ちと呼ばれる、漁のリーダーだった。昆布漁には天候が重要だ。晴れていなければ、採った昆布を干すことができない。

健二郎は天候を読む達人だった。雲ひとつなかったのに、健二郎が漁は中止だといえば、午後から雨が降った。康平は毎年漁の時期が来るたびに、その達人技の秘訣を探ろうとするのだが、まったく分からないままだった。父に直接聞いたことはない。聞いても教えてくれるような父ではなかった。そんな父を口にこそ出さないが、康平は心の底で尊敬し誇りに思っていた。いつか父のような漁師になってみせる。それが康平の夢であり目標だった。

そのうちに、ぱらぱらと人が集まりはじめ、午前五時前には漁師全員が港に集まった。皆一様に戦いを前にしたような緊張感と高揚感をその顔にみなぎらせている。

「いくべ」

健二郎が重々しく頷いて、短く告げると、漁の開始を告げるラッパが高らかに鳴り響いた。

一斉に昆布船が港から滑り出す。小型の船とはいえ、数十隻が隊列を組むように進む様は壮観だった。康平も父と同じ船に乗り、潮風を受けながら、胸を張る。自分に流れる漁師の血が沸き立つのだろうか、と康平は遥かな水平線を眺めながら思った。

しかし、漁とは興奮することばかりではない。二股《ふたまた》に分かれた竿《さお》で昆布をねじりとり、引きあげる作業は単調で、しかも重労働だった。ずっしりと重い昆布をすくいあげる度に、腕がきしみ、腰が悲鳴を上げた。

船が昆布の山になっても、作業は終わらない。今度は日が高いうちに乾場《かんば》と呼ばれる玉砂《たまじゃ》利《り》を敷いた浜辺に、昆布を干さなければいけないのだ。

どっしりと重い昆布を一枚一枚丁寧に広げていると、洋がさりげなく横に並んで、「なしたの？　その傷。親父か」と尋ねてきた。頬のあざのことを言ってるのだ。

「ちょっとな」

「お前んとこの親父さん、おっかねえからな」

洋は離れたところで黙々と作業に励む健二郎にちらりと視線をやった。

「また、怒られるようなことしたんだべ」

康平の昆布を扱う手つきが乱暴になる。プロレスの技でもかけるように、玉砂利に叩きつけた。

「やめろて、また怒られんぞ」

そこに騒々しく割って入ったのは保だった。

「なあ、なあ、聞いてくれよ。俺、ついに初恋の相手と巡り合ったかもしんね」

康平と洋は顔を見合わせると、またかと呆れたように肩をすくめた。

「今度こそ間違いねえって。それがよ、この世のものとも思えねえぐらいかわいい子でよ。会った瞬間にびびっと来たもな」

「そんなかわいい子が丹別にいるわけねえべ。寝ぼけてたんでねえか」

からかうような洋の口調に、保はむきになったように言い募った。

「違うて。ほら、こないだ俺が補習で一本早い汽車に乗ったことがあったべ。そんとき会ったんだって」

「ホントかよ」と康平。

「ああ、ありゃあ、たぶん釧路陵南だな」

このあたりでも指折りの進学校の名前に、康平と洋はため息をつくと保を残して新しい昆布を取りに向かった。

「何よ、どうしたの」

保の声が追いすがる。洋は振り返って、頭を指差してみせた。

「ココが違いすぎ。お前と話があうわけねえべ。無理無理」

康平はその横で重々しく頷く。

「なしてよ。恋愛に頭は関係ねえべ、そうだべ？」

洋がニヤリと笑う。保は玉砂利を洋に向かって放った。

「お前らには、親友の幸せを願う気持ちはねえのか」

顔を真っ赤にして叫ぶ保の様子にふきだしていると、健二郎から鋭い声が飛んだ。

「ここは遊び場じゃねえぞ」

途端に空気がぴしっと張り詰める。三人は健二郎に向かって頭を下げると、遅れを取り戻すべく、昆布干しに集中した。

手を動かしながら、康平は昨日の紗枝という少女のことを思い出していた。あの制服は確か、釧路陵南だった。

「私の人生かかってるの」

そう訴えた時の彼女の意志の強そうな目が、康平の脳裏にこびりついていた。


新学期が始まった日の放課後、紗枝は職員室に呼ばれ、自分が指定校推薦を逃したことを知らされた。半ば覚悟していたこととはいえ、実際に告げられるとやはりショックだった。試験に間に合わなかったというだけではない、無免許運転の車に同乗していたという事実が大きくマイナスに働いたようだった。たった一度のことで、紗枝の生活態度は推薦入試には値しないと判断されてしまったのだ。

「残念だが仕方ない。推薦には日頃の生活態度も大事だってことくらい、お前だって分かってたはずだべ」

担任は呆れたように言った。

「向こうの男子生徒、停学になったそうだ」

紗枝は「え」と思わず小さく驚きの声をもらした。

「まあ、そりゃ当然だな。無免許でスピード違反して盗んだ車まで壊して」

担任の言葉が耳を素通りしていく。うなだれる紗枝に担任は「もう二度と水産の連中と関わるんでねえぞ」と釘をさした。紗枝はこわばった顔のまま、職員室を辞した。

紗枝を心配し、職員室の前で待ち構えていたみなみにも気付かず、覚束《おぼつか》ない足取りで、学校を出た。

校門を出たところで視線を感じ顔を上げると、そこに立っていたのは康平だった。頬に赤黒いあざができている。

紗枝は驚き康平を見つめた。

「……あれから、どうしたかと思って。試験、どうなった？」

康平の目は驚くほど真剣だった。その低くやさしい声に、紗枝は我慢していた思いがプツンと切れそうになるのを感じた。

こんなところで、泣いてはいけない。紗枝は深く俯いて、康平を振り切るように足早に歩き出す。

「おい、ちょっと待てよ」

康平は慌てて駆けだすと、紗枝の前に回り込む。

「なあ、なんも無視すること……」

紗枝の顔を覗き込んだ康平は言葉を失った。

紗枝は顔をくしゃくしゃに歪めて、声もなく泣いていた。

それから二人は押し黙ったまま、駅へと向かった。康平は何度か言葉をかけようとしたのだが、涙をいっぱいにためた紗枝の目を見ると、何も言えなかった。

紗枝がようやく重い口を開いたのは、二人が乗った汽車が走り出してからだった。

「ダメだったの。早稲田の推薦」

「推薦？」

「早稲田の文学部に……うちの学校から一人だけ推薦枠があって。あの日は、その学内選考の最終試験を受けに行くところだったの。今日、他の子に決まったって」

紗枝はぎゅっと唇をかんで、ゆっくりと暗闇に飲みこまれようとしている車窓の風景を睨《にら》みつけた。

康平は一瞬、彼女がまた泣きだすのかと思った。しかし、彼女は泣かなかった。

「なしたの、そのあざ」

窓の外に視線を向けたまま、紗枝が尋ねた。

「あ、いや、ちょっと壁に……」

康平がしどろもどろになり答える。

「停学になったって、本当？」

言葉をぶつけるように紗枝は尋ねた。

「うん」

「別によかったのに。かばってくれなくても」

紗枝は少し意地を張ってそう言った。

「したけど……ほら、人生かかってるって言ってたべ」

紗枝はドキンとして康平を見た。確かにあの時、そう言ったかもしれない。

「停学なんかになったらヤバいんでないかと思って。俺はもともと頭わりいし、停学になったからってどうってことねえし。学校休めて、かえってラッキーなんてさ」

無理しているのが、見え見えだ。そんなに明るく言われても何と答えていいのかわからない。そんな紗枝の気持ちが伝わってしまったのだろう。康平は気まずそうに再び口をつぐんだ。二人の間に沈黙が流れる。カタンカタンと汽車の音だけが夜の闇の中に響いた。

「受験て今からじゃダメなの」

不意に康平が言った。

「え？」

「ほんとの試験は二月とかだべ。頭よさそうだし、今からでも……」

思わずカッと紗枝の頭が熱くなった。

「そんな簡単な問題じゃないのよ！」

康平は笑顔を凍らせた。

自分でも大きな声だと思った。しかし紗枝は自分を抑えることができなかった。

「早稲田なんて偏差値も倍率ものすごく高いのよ。今までずっと推薦のための勉強しかしてこなかったし。今からなんて……」

目の前にいる康平には関係のないことだ。それはわかっている。彼は自分をかばい停学にまでなったのだ。しかし、込み上げる怒りを抑えることができなかった。

「今からなんて……。絶対無理」

紗枝は俯いて表情を隠した。これ以上また何かを口にすると泣いてしまいそうだった。康平も、もう何も言わなかった。

窓の外はもう完全に日が落ち、怖いぐらいの暗闇が広がっていた。

良子に怒鳴られたのは、その日の夜だった。

「何ぐずぐず言ってんだろ。あんたが大学に行きたいって気持ちは、その程度のもんだったの？」

夜遅く病院から帰ってきた母は紗枝を見るなりそう言った。

紗枝は抱えていたクッションに顔をうずめながら、むっつりと押し黙った。良子から目をそむけ、廊下と台所の間の柱にもたれながら、夜の庭に目を向ける。

「甘えるのもいい加減にしなさいよ。私はあんたが大学で英語を勉強したい、東京さ出たいっていうから応援してきたんだよ」

紗枝に向かって話しながら、良子は片時も手を休めず、くるくると動きまわって台所を片付けている。

「推薦がダメになったくらいで、この世の終わりみたいに」

「……なったくらいってそんな言い方」

紗枝はクッションにますます顔をうずめながら、もごもごと抗議した。

良子は冷蔵庫から一日一缶と決めているビールを取り出すと、勢いよく喉《のど》に流し込んだ。

「ま、別に私はいいけどね。あんたが受験やめてくれれば、夜も居酒屋で働かなくて済むし、せいせいするけど……」

テーブルの皿を覆っていた布巾《ふきん》を外した、良子の手が止まった。皿の上を凝視したまま固まっている。

「紗枝！」

「……何？」

　ただならぬ良子の口調にクッションから顔を上げると、良子が皿を紗枝の方に突き出した。

「ここに置いといたおいなりさん、あんたが全部食べたの!?」

「……え、いけなかったの？」

　怪訝そうに尋ねる紗枝の様子に、良子は一瞬あっけに取られ、次の瞬間、にやっと笑った。

「ものを食べる気力があるなら大丈夫だわ。ほんとに落ち込んだ時は、ご飯も喉を通らないもね！」

　残っていたおいなりさんに手を伸ばしながら、良子はさばさばとした調子で言う。紗枝は良子からぷいっと顔をそむけると、庭の方に視線を戻した。夜の闇の中、ぼんやりとハナミズキのシルエットが見えた。

　父が生きていたらこんな時、何と言ってくれただろう。

「……大丈夫だって。よく言うよ」

　クッションが吸い取ってしまうぐらいの小さな声で、紗枝はぽつりと呟いた。

　それからふと思った。母にはご飯も食べられないほどの深い悲しみを経験したことがあったのだろうか。

一週間が過ぎ、停学処分もようやく終わりを迎えた康平は、久しぶりに洋と保と一緒に汽車に揺られていた。

「俺、痩《や》せたべ」

保が顔を両手ではさみながら、唐突に深刻そうな表情で言いだした。

「恋をしてから、飯《めし》もろくにのどをとおらんわ」

そう言うが保の体型に特に変化は見られない。

「まったく、変わってねえべ。それに、お前さっきアンパン食ってたべや」

洋の鋭いツッコミに一瞬つまった保はむきになって反論した。

「……アンパンは菓子だべ！」

「アンパンはパンだべ」

保と洋の会話はどんどん見当違いの方向に逸れていく。間の抜けた漫才のようなやり取りを聞いていた康平は思わずふきだした。

汽車は白幌駅に到着する。

汽車を降りて、改札口が視界に入った途端、保がぴんと体をこわばらせたかと思うと、くるりと綺麗なターンで改札に背を向けた。

「……出た、出た」

あああわとした様子で保が言う。ほとんどパニック状態だ。

「どうした、早く行くべ」

洋は強引に腕を引っ張るが、保は激しく首を振って拒絶する。

「だ、だから。あの子なんだ。例の釧路陵南の……」

「え？」

保の言葉に康平は改札に目をやった。

改札の横に制服姿の二人の少女が、人待ち顔に立っている。

そのうちの一人は紗枝だった。

康平の心臓が、どんと痛いぐらいに強く打った。

紗枝が康平の視線に気づいたように顔を向けた。康平の姿を見ても、驚いた様子もなく、紗枝は決然とした表情ですたすたと歩み寄ってくる。

「え、何？　俺？　俺か？」

「しらね、自分で聞いてみればいいべ」

笑いながら洋が保の背中をぽんと強く押す。よろけて、二歩、三歩前に踏み出した保を一瞥もせず、紗枝は康平にまっすぐ目を向けたまま、保の前を素通りし康平の正面に立った。

「あの」

怒っているような堅い顔だった。

「……あ、はい」

恐る恐る答えた康平の目の前で、紗枝はやけに丁寧に深々と頭を下げた。

「この間はすみませんでした。あなたのせいじゃないのに」

まさか、こんなところで頭を下げられるとは思わなかった。

が謝っているのに、その口調はどこか喧嘩《けんか》を売っているようだった。

「あ、いえ」

康平は気圧《けお》されて軽くのけぞりながら、曖昧に言葉を連ねることしかできなかった。紗枝は怒ったような顔のままぶっきらぼうに言葉を続ける。

「受験のことだけど」

「……はい」

「挑戦することにしたから」

「あ……そうなんだ」

戸惑いながら康平は答える。

「気にしていると悪いかなと思って。それと……」

康平の言葉にかぶせるように、早口で話し出した紗枝は言葉を切って、康平の目をじっと見つめた。

「かばってくれて、ありがとうございました」

ゆっくりと、小さな声で紗枝は告げた。

ぺこっと軽く頭を下げるとそのまま歩み去ろうとする。

「あ、あの、待って！」

康平は思い切って声をかけた。そして、大慌てで背負っていたリュックを下ろすと、中からしわしわになった紙袋をつかみだした。

「コレ。ずっと渡そうか迷ってたんだけど」

それは何の飾りけもない茶色の紙袋だった。

ぐいと差し出された紙袋を、紗枝は驚き受け取った。長い間、持ち歩いていたのだろうか。紙袋はグシャグシャだった。

その時、背後から心底不思議そうな弱々しい呟きが聞こえてきた。

「なして……なしてよ」

振り返った二人の視線の先では、保が青ざめた顔で硬直していた。二人の視線が引き金になったのか、保は弾《はじ》かれたように駆けだした。

「なしてだー！」

絶叫しながら走り去る保を、慌てて洋が追いかける。先を行く洋に促され、康平も「じゃあ」と短く告げると、少し軽くなったリュックを背負い直す間もなく、あとを追って走り出した。

紗枝は何が起こったのか見当もつかず、あっけに取られ、立ちつくしていた。

「何あいつ、ちょっとおかしいんでないの？」

保が走り去った方向を見ながら、付添い役として控えていたみなみが辛辣《しんらつ》なコメントを加える。

「何もらったの？　変なものでないべね」

みなみは紗枝の手の中の紙袋を不審そうに眺めた。

みなみにせっつかれ、紗枝は駅のベンチに座り、くしゃくしゃの紙袋を開いた。中には数冊の本。赤本と呼ばれる過去の問題集など、早稲田大学の入試のための参考書ばかりだった。

「何これ、全部問題集なわけ？」

みなみが一番上の参考書を手に取った途端、本と本の間に挟まっていた紙がはらりと落ちた。拾い上げた紗枝は、そこに書かれた文字に思わずふっと笑み崩れた。

「このたびは本当にスミマセンでした。

受験ガンバってください。

ヨカッタらつかってください。

木内康平」

それは世にも汚い文字だった。犯人が筆跡を誤魔化すために書いた文字のようで、ぱっと見た印象はまるで犯行声明だった。文字の大きさのバランスも悪く、各行の最後の文字は申し訳なさそうに小さく押しこまれている。

でも、その文字の持つ表情がなぜか紗枝の心に染みた。

参考書に目を移した途端、紗枝はとうとう声を上げて笑いだした。

「どうしたの？」

尋ねるみなみに紗枝は参考書のタイトルを示してみせた。

「これ、高校受験のだ」

紗枝の指が示す先には確かに「早稲田大学高等学院入試問題集」と書かれていた。

「ほんとだ」

みなみも笑いだす。

みなみと一緒に体をくの字に折り曲げながら、紗枝はくたくたになるぐらいに笑った。心地よい疲労感と共に、それまで自分を重く覆っていたものが取り去られたような気がした。

ふんわりと、心の中が温かくなった。

九月になり、周囲の山々の木々が一斉に黄色や赤に染まり始めた。北海道の秋は短い。その短い間に、燃えるように一気に山々が色づき始める。

紗枝の庭のハナミズキも、その赤色を次第に濃く染め始めた頃。

紗枝と康平は、一緒に帰るようになった。受験のために釧路の進学塾に通い始めた紗枝に合わせて、康平も釧路のガソリンスタンドでアルバイトを始めたのだ。

夜九時、バイトを終えた康平は、市内の橋の上で紗枝を待つ。紗枝が息を切らせて、走って来るのが見える。その瞬間が、康平にとって一日の中で一番幸福な時間だ。そこから駅までの道を二人で歩き、最終の汽車に乗る。釧路から紗枝の住む駅まで一時間と少し。汽車の中で過ごす時間が二人のデートだった。

夜を走る汽車の中で、二人は沢山の話をした。友人のこと。学校のこと。家族のこと。そして、将来のこと。

「小学校から？」

紗枝が小さく驚いたような声をあげた。

「ああ。俺が初めて船に乗せてもらったのは、小学校三年の時。死んだじいちゃんは、あの界隈《かいわい》では、伝説の漁師って言われててさ」

「ホントに！」

「そのじいちゃんと俺の名前の康をとって、うちの船は〝康・永・丸〟ってつけたんだ」

「その頃から漁師になりたかったの？」

「ま、いわゆる英才教育っていうの？」

冗談めかした康平の言葉に、紗枝が屈託のない笑顔を見せる。

紗枝が笑ったのがうれしくて、康平は言葉を続ける。

「紗枝……ちゃんは？　ずっと大学へ行こうと思ってたわけ？」

ためらいがちに、ちゃんをつけて呼んでみる。

「中三の時、先生に勧められて、お母さんもその気になっちゃって」

「お母さんて、看護師さんの？」

「看護師さん兼居酒屋勤務ときどきカラオケ、いっつも動いてて止まってるの見たことない」

「すごすぎ」

「あ。カラオケは趣味だけどね」

少し大げさに驚き笑ってみせる康平に、紗枝も笑いながら答える。

天使のような笑顔だ。

話をしながらいつか言葉は遠ざかり、康平には紗枝の笑顔だけが目の前に浮かび上がってくるような気持ちになる。紗枝の頬に、手に、その細く白い指に触れてみたい……そんな欲求にかられる。

それを恋と呼ぶのであれば、康平は完全に恋をしていた。それは、紗枝も同じだった。


「見せたいものがあるんだ」と、言い出したのは、康平の方からだった。

二人は、その日初めて汽車以外の場所で会うことになった。

初めて見る紗枝の私服姿にドキドキしながら、「乗って」と、康平は自転車の後ろをあごでさす。紗枝は、言われるがままに、康平の後部座席に座り、康平のジャンパーの裾をギュッとつかんだ。

海岸線の道を、康平はグイグイと自転車を走らせていく。康平の背中が、紗枝の目の前に迫っている。その温かさや鼓動が伝わってくるようだ。

突然、康平がふざけたように言った。

「結構重いな。ケツにも脳みそが詰まってるんでないか？」

紗枝は、康平の背中をバシンと叩いた。

「いてぇ」

康平が笑いながら身をよじる。

「ねえ、どこへ行くの？」

「教えねえ」

「どこ？」

「誘拐〜」

そう言って康平は立ち漕ぎで、スピードを上げた。紗枝はその背中にしがみつく。

誘拐先は小さな灯台だった。

なだらかな海岸線が夕日に染められている光景は、どこかもの悲しく、心に迫った。

「きれい」

灯台の見晴らし台に登った瞬間、紗枝の口から思わず言葉が漏れた。

「俺、ここから見る海が一番好きなんだ」

照れくさそうに、そして、どこか自慢げに康平が言った。

「ガキの頃から親父に叱られるとよくここへ来てさ」

「……それ、ちょっとうらやましい」

「なして。殴る蹴るだぞ？　見たべ、あの時のあざ」

「だってお父さんに怒られたこととか、ないから」

紗枝はさらりとした調子で続けた。

「死んじゃったの。私が五歳の時に、病気で」

康平は一瞬言葉を飲み込んだ。初めて聞く話だった。だから紗枝の母はあんなに働いているのだ。

「……ごめん」

紗枝は微笑《ほほえ》みながら首を振った。

「別に謝らなくていいよ」

そう言うと、紗枝は海を見つめた
夕日がゆっくりと水平線の向こうに沈んでいく。空と雲と海から少しずつオレンジの光が失われていった。

「なんだかこの景色、懐かしい。初めて来たのに」

紗枝の顔は微笑んでいるのになぜかとても淋しげに康平には思えた。

「寒くねえ？」

康平はそっと手を伸ばすと紗枝の左手を包み込んだ。初めてふれた紗枝の手はひんやりと冷たかった。

「冷てえべや」

康平は紗枝の手を引きよせ自分のコートのポケットの中に入れた。やわらかく小さな手だった。守りたいと思った。紗枝をこの世のすべてのものから守ってやりたい。それができるのは自分しかいないと康平は思った。

すぐにポケットの中の手は互いの体温で熱いほどになった。それでも二人は手をつないだまま、海を見ていた。

夕日が静かにゆっくりと水平線に沈んでいく。

二人はどちらからともなく見つめ合った。つないだ手を通して互いの鼓動が伝わってくるようだった。

康平がぎくしゃくとした不器用な動作で顔を近づける。

夕暮れの最後の光の中で、二人は最初のキスを交わした。

軽く触れるような、ぎこちないキスだった。

その日、康平と別れ、家に帰った紗枝はぼんやりと自分の部屋に戻った。

部屋には父が撮影したたくさんの写真が飾られている。紗枝は並べられた写真立ての中から一つの写真を選びだした。

夕日に照らし出された灯台と、赤子を抱く母親のシルエット。

逆光になっていて親子の顔はよく分からないが、それは確かに父・圭一が紗枝と良子を写した写真だった。

圭一の残した膨大な写真の中で、紗枝はこの写真がとりわけ好きだった。幼い自分に向けた父の包み込むような眼差《まなざ》しを感じられる気がした。

この写真を手に取った瞬間、紗枝は康平にとっての大切な場所がどうしてあんなに懐かしく感じたのか、その理由が分かったような気がした。

紗枝は庭に出て、ハナミズキの木を見上げた。

辺りはすでに深い闇に包まれていた。昼間はまるで燃え盛っているように鮮やかなハナミズキが、玄関の外灯に照らし出され夜の闇に浮かびあがったその姿は、ふんわりと柔らかく幻想的な感じさえした。ふと、葉の根元に小さな赤い実がついていることに気付いた。

紗枝は赤い実に向かって手を伸ばす。

その紗枝の脳裏に、幼い彼女の手に父がそっと置いた赤い実の鮮やかさが蘇《よみがえ》った。

あの日のことはよく覚えていた。

手のひらの上の実がつややかに赤かったことも、父の柔らかい声も。

「これなあに？」

不思議そうに問う紗枝に、圭一は優しく答えたのだった。

「木のタネさ」

「……タネ？」

紗枝はまじまじと手の上の実を眺める。

「これをな。……こうやって、土に蒔《ま》くんだ」

圭一は赤い実のひとつを潰《つぶ》して、中からタネを取り出し、丁寧に洗ってから、土に蒔いたのだ。


「紗枝！　紗枝！」

どれぐらいハナミズキを見上げていたのだろう。帰宅を告げる良子の声で紗枝は我にかえった。

「お母さん、お帰り」

「お土産。お店の残りものの唐揚げだけど食べる？」

良子は手にしていたビニール袋をガサガサと振った。

「今から食べるつもり？」

「……えー、やめとく？」

「当たり前だよ。太るよ」

良子は口をへの字に曲げて、肩をすくめた。

「ああ、厳しい厳しい」

「ねえ、お母さん」

台所に戻ろうとした良子を、紗枝は呼びとめた。

「何？」

「お母さんはお父さんのどこが好きだったの？」

「……あんた、なんで急にそんなこと聞くの？」

不思議そうに問われ、紗枝は慌てた。

「え、だって、そういう話一度もしてくれたことなかったから、どうだったのかなって」

良子の目がきらりと光った。

「あんた好きな人できたべ」

「別にそんなんじゃ」

曖昧に笑って誤魔化すが、良子の嗅覚はなかなか誤魔化されてはくれない。

「できたべ。なあ、できたべ」

良子が笑いながら、からかう。たまらず逃げ出した紗枝を、良子が追いかける。紗枝は顔を真っ赤にしながら、ばたばたと家中を逃げ回った。

冬の気配はもうすぐそこまで迫っていた。

夜になり、突き刺すような冷たい空気に身震いしながら、紗枝と康平は丹別駅のベンチで電車を待っていた。

紗枝は鞄から写真立てに入った写真を取り出し、康平に手渡す。生まれたばかりの紗枝を抱いた良子が写っているあの写真だ。

「カケオチ？」

康平が素っ頓狂な声を上げる。

「もともとお父さんが、若い頃、写真撮りながら北海道回ってたときに、お母さんと知り合ったらしいんだけど」

「……うん」

「ある日、お母さんをおいて、また旅に出ちゃったんだって……。お母さん、お父さんを追いかけてここまで行ったらしいの」

「ここって……どこ？」

「カナダ」

「カナダ!?」

さらりと答えた紗枝の言葉に、康平はまた思わず驚きの声を上げた。

「私ね、この街で生まれたの。でも、この街のことは、なんも覚えてないの」

「……なして？」

「物心ついた時には、お母さんと二人で北海道で暮らしてたから」

「親父さんは？」

「また、フラッとどこかに行っちゃったらしいの。そういう人だったみたい」

笑顔を浮かべながら、淡々と語る紗枝を、康平は複雑な気持ちで眺めていた。

「したけどね、私の五歳の誕生日に、急に見たこともないお父さんが帰ってきたの」

「なして」

「お父さんの病気が分かったから」

「病気？」

「ガンだったの」

康平は言葉をなくした。

会話が途切れた途端、しんとした夜の静寂が訪れた。

康平は写真を持った手をぴんと伸ばして、自分と写真が向き合うようにすると、改めてまじまじと眺めた。

「いい写真だな。写真とか、俺、よくわかんないけど、好きだな、この写真」

康平はポツリと言った。紗枝は少し淋しげに微笑む。

寄り添う二人の肩に、柔らかな羽根のような雪が音もなく降りかかる。

今年、初めての雪だった。


雪は一気に季節を押し進めた。気付けばもう年の瀬が迫っている。寒さは一段と厳しくなり、それでも漁師たちは刺さるような風に身をさらし鮭漁に出る。一年で一番辛い季節だ。

それは高校生活がもうすぐ終わるということでもあり、紗枝が東京の大学に行ってしまうかもしれない時期が近付いているということでもあった。

最初から分かっていたはずなのに、実際に来年の存在が感じられるようになってようやく、康平はひしひしと自分の身に迫ろうとしている変化に気づきだした。

試験が迫る中、紗枝は思うような結果が出ず、落ち込んでいた。

そんな紗枝を康平はがんばれと励まし続けた。しかし、時に心の奥底でこっそり紗枝の受験の失敗を願うことがあった。そうすれば、来年も、一緒にいられる。

そんな風に紗枝の夢が潰れることを願いながら、口では彼女を応援している自分は偽善者ではないかと思った。

そんなある日、保が漁師になるのをやめると言いだした。伯父さんのやっている釧路の運送会社に就職するという。

これから先ずっと三人で一緒にやっていくものとばかり思っていた康平は、裏切られたようで、傷つき腹を立てた。そんな康平に、「ジェラシーだ」と洋は事もなげに言った。

「あいつはお前と紗枝ちゃんに嫉妬《しっと》してんだ。それくらい気付け鈍感！」

洋の言葉に康平はがんと後頭部を殴られたような気がした。

「じゃあなんで水産来たのさ」

「もともと保はそういう奴だ。軽はずみに物事決めるのがアイツの特徴だ。そのうちまたコロッと機嫌直すべ」

洋はそう言ったが、今回の保は頑固だった。康平は何度も関係を修復しようと試みたが、保は頑《かたく》なに港に近寄ろうとせず、康平ともわざとらしく距離を取り続けた。

保の態度が気にかかりながらも康平は、紗枝のことが頭から離れなかった。

その日、塾の帰りいつもの待ち合わせの場所に、紗枝はいつになく暗い顔で現れた。模擬試験の結果が最悪だったのだ。早稲田、D判定。このままでは絶対に大学なんて無理だ。そう思うと自分にはもう一刻の猶予も残されていない気がした。

それから、二人で汽車に乗り込んだが、紗枝は座席に座るなり、蛍光ペンが引かれたノートと赤い下書きを取り出し、黙々と暗記を始めた。康平がしゃべっている言葉も耳に入らなかった。

康平は意を決して、クリスマスイブの話を切り出した。

「なあ、紗枝ちゃん。今度のクリスマスのことなんだけど。その日くらい勉強休んで二人でどこかに遊びに行くことってできないかな。俺、バイト代も入ったし！」

「え？」と紗枝はその時初めて康平の声に気づいたかのように顔を上げた。

康平は思わず紗枝の手からノートを取り上げ言った。

「一緒にいる時くらい話したっていいべさ。こんな時まで勉強勉強って」

「したって……、もう時間がないんだもん」

「分かってるよ」

紗枝は、その言葉にカチンときた。

「分かってない。康平君は受験勉強とかしたことないから、分かんないのよ」

思わずきつい口調で言ってしまってからハッとした。

康平の顔がこわばっていく。

気まずい沈黙の中、汽車が無人駅のホームへと滑りこんだ。

「したらもう、一緒に帰るのはやめるべ」

康平は低くポツリと言うと、鞄を鷲づかみにし、立ちあがった。

「俺がいたら、勉強の邪魔なんだべ。勝手に一人で勉強してればいいべ」

それは紗枝が初めて聞いた、康平の怒気を孕《はら》んだ声だった。

康平はあきらかに怒っていた。

そして紗枝には目もくれず、康平はドアが開くと同時に汽車を降りた。外は激しい雪だった。頼りなげな照明が一つ灯《とも》っている他に明りはなく、ホームは夜の闇に飲みこまれている。

康平はそのまま汽車に背を向けて歩き出した。歩くたびに、足もとで降り積もった雪がきゅっきゅっと小さな音を立てる。

紗枝は、座席に座ったまま唇をかみしめた。康平には分からないのだ、自分がどんなに焦っているか。今がどれだけ大事な時なのか。それくらい分かってくれてもいいではないか。

発車のベルが鳴る。突然はじかれたように紗枝は立ち上がった。

汽車がゆっくりと走り出しても、康平は振り返ろうともしなかった。

「勝手に降りないでよ！」

思いがけない叫び声に驚いて振り返る。そこには紗枝の姿があった。怒っているようにも、今にも泣き出しそうにも見える顔がぼんやりとした明りに照らしだされている。

「……勝手に一人で、降りないで」

二人は降りしきる雪の中、見つめ合った。頭や肩に雪が降り積もり、体の芯にまで寒さがしみこんできた。

雪はやむ気配もない。ポツリポツリと間遠に立つ街灯の光を頼りに、二人は自分たちが本来降りるはずだった駅に向かって歩き出した。

「バカだな、紗枝まで降りることないべ」

そう言いながら、康平は自分のマフラーを紗枝の首に巻いてやった。紗枝は慌てて返そうとしたが、康平は譲らなかった。

「いいから。風邪引いたらどうするんだ」

マフラーを引っ張ろうとした紗枝の手を、康平は優しく押さえた。

「悪かったよ」

視線を逸らしたままぶっきらぼうに謝ると、康平は紗枝のかじかんだ手をにぎった。

「ホントはね、なして東京の大学受けるんだろうって、何度も思ったよ」

ぽつりと紗枝が言った。

「こっちにいれば、康平君と離れずにすむんだもの。したけど、やっぱりやめるわけにはいかない。私に期待かけてるお母さんのこともあるよ。でもやっぱり、自分で大学行くって決めて、それからずっとそのことだけ考えてやってきたから。今さらやめられない」

紗枝はまっすぐに前を見つめ言った。

「自分を弱い人間だって思いたくないの」

そう言う紗枝の顔は、最初に会った日の何かと戦っているような表情を思い起こさせた。

「変かな？　私」

康平は自分を見上げる紗枝に向かって、首を横に振った。

「俺も子どもの時から、親父やじいちゃんみたいな漁師になるって決めて、そのことだけ考えてきた。その気持ちは紗枝と同じだ。親の期待にこたえたいっていう、その気持ちも一緒だ」

そして、続けた。

「がんばれ、紗枝。いつか、英語ペラペラになって、世界をまたにかけて歩くような人になれ。そしたら、俺は世界の海をまたにかけるような漁師になるから」

コクリと子供のように紗枝はうなずく。

康平は、紗枝の手をやさしく握りしめた。

雪が全ての音を吸い取って、降り積もっていく。

世界には自分たちしか存在しない。そんな錯覚に襲われるほど、静かな夜だった。二人は雪の中を延々と歩き続けた。

その日、紗枝はうろうろと部屋の中を落ち着かなげに歩き回っていた。机に座ってため息をついては、雪の残る庭の様子をうかがう。

紗枝は郵便配達の車を待っていた。早稲田大学の受験結果が送られてくる予定なのだ。

紗枝は緊張で気分まで悪くなってきた。

自分を落ち着かせるために、これまで長い時間勉強してきた自分の机に向かい、手帳をそっと開く。中には、康平からもらったメモがはさまっていた。

汚くて、でも温かい文字。

このメモは紗枝にとってお守《まも》りだった。

受験の朝にも、紗枝はこのメモを眺めて心を落ち着かせた。

メモを丁寧に手帳に戻す。紗枝の耳が車のエンジン音を捉えた。

走って玄関に向かう。やはり郵便配達の車だった。

受け取った封筒を震える手で開いた。

次の瞬間、紗枝はコートと帽子をつかむと外へ飛び出した。

多くの人が忙しく立ち働く漁港で、紗枝は康平を探した。

「紗枝！」

つなぎを着た康平が小走りに近付いてくる。

「なしたのよ」

紗枝は息を乱しながらも、早口に言った。

「受かった。受かった、早稲田」

紗枝の声はうれしさにかすれていた。

「そうか。おめでとう」

「信じられない。絶対無理だと思ってたから」

「俺は信じてた。紗枝は絶対に受かるって」

「ありがとう」

輝くような笑顔で紗枝は康平に抱きついた。

「おめでとう、紗枝、おめでとう」

康平は紗枝を抱えあげ、ぐるぐると振り回す。

悲鳴とも笑い声ともつかない声を上げながら、紗枝は康平にぎゅっとしがみついた。

その日、紗枝の家の前には近所の人や友人たちなど大勢の人が集まっていた。

紗枝が故郷を離れ東京に発《た》つ日がやってきたのだ。

一人一人と挨拶を交わしながら、紗枝は何度も振り返った。康平の姿を探していた。

出発の日を電話で伝えた時、康平は少し黙って、「仕事だから、行けるかわかんねえな」と言った。それでも心のどこかに来てくれるのではないか、という思いがあった。

しかし、紗枝を空港まで送る真人のトラックが到着しても、康平は姿を現さなかった。

「紗枝、元気でね」

みなみが声をかける。紗枝はみなみの両手を取った。

「みなみも元気でね。いつでも泊まりに来て」

「言われなくたって行くさ。ゴールデンウイークの飛行機もうとっくにおさえたし」

「待ってる」

紗枝はみなみの両手をぎゅっと握ってから、良子の前に立った。

「元気で、体には気をつけて。ご飯だけはちゃんと食べるんだよ」

大抵の悩みは、お腹がいっぱいになることで悩みではなくなる、と信じている母親らしい言葉に紗枝の目がしらがじわじわと熱くなった。

「ほら、真人も待ってるし、さっさと行きな。あんたが決めたんだべ、東京行くって」

良子は紗枝の背中をどんと押した。

紗枝はトラックの方に歩きかけて、くるりと振り返った。

「お母さん」

「なに」

「……ありがとう」

改まった口調で、深々と頭を下げた。伝えたいことは沢山あったが口をついて出たのは、ありがとうというそのひと言だけだった。

良子の笑顔が一瞬くしゃっと歪んだ。しかしすぐにまた、にやりと笑った。

「ほら、早く行きな」

良子が紗枝の腕を強く叩いて促す。紗枝は頷くと、集まった人たちに向かって手を振り、トラックに乗り込んだ。

「もう出発しても大丈夫か」

真人が確認する。紗枝は頷きながらも、もう一度、康平を探さずにはいられなかった。しかし、何度見ても、やはり康平の姿はなかった。

そのころ康平は港で漁網の修理をしていた。康平の向かいに座る洋は、黙々と丁寧に手を動かす康平をちらりちらりと気にしていたが、とうとう意を決したように話しかけた。

「いいのかよ、行かなくて。紗枝ちゃん、今日東京さ行っちまうんだべ」

「……いいよ別に」

康平は顔も上げずに答える。

「なんで」

「だからいいってばよ」

話を聞いていた先輩漁師がからかうように言う。

「ま、逃げた魚を追ってもしょうがないもな」

「冷てえなあ。こういう時人間の本質ってのがわかるもんだな」

背後から声をかけたのは、保だった。保はけろりとした顔で戻ってきて、以前と変わらぬいたずらっぽい顔でニヤッと笑った。

「何しに来たんだ。俺らの前には一生顔見せねえのかと思ってた」

保は洋の言葉を無視して康平に言った。

「康平、悪いこと言わねえから見送りに行けって。あとで後悔してもしらねえぞ」

「行かねえったら、行かねえ！　ほっといてくれ」

康平は保の腕を外すと、修繕作業を続ける。

保と洋は顔を見合わせ、ため息をついた。

空港に向かうトラックは海岸沿いの道を走っている。

細かい波が砕け、きらきらと光る様子を紗枝はぼんやりと眺めていた。自分にとって当たり前の存在だったこの海も、明日からは見られなくなる。

そう思ったら急に、つんと鼻の奥が痛くなった。

「昔、俺がまだハタチの春によ。お前の母さん同じように車に乗せて空港に送ったことがあるんだ」

ハンドルを握って前を見たまま、黙っていた真人が突然話し始めた。

「え？」紗枝はおもわず真人の顔を見る。

「良子、お前の親父さん追いかけて外国行くって言い出して。お袋さんにも親父さんにも内緒でだぞ？　俺びっくりして止めたけど、どうしても行くってきかねえんだ」

「真人兄ちゃんってさ」

紗枝は言った。

「何よ」

真人は前を見たままだ。

「お母さんのこと、好きだったんじゃないの？」

「しょうがねえべや。行くってきかねえし。それに俺、告白もできなくてよ」

「そうなの？」

「ああ。でもな、そん時思ったんだ。言うなら今しかねえ。〝好きだ行くな〟。〝好きだ行くな〟〝好きだ行くな〟〝好きだ行くな〟〝好きだ行くな〟……って運転してる間中、心の中で唱えてるうちに空港についてて……」

その時だった。

紗枝が突然悲鳴のような声をあげた。

「兄ちゃん、停めて！　お願い」

切羽詰まった紗枝の声に、真人は慌ててブレーキを踏んだ。車が停まると紗枝はすぐさま外へ飛び出し、海の方に向かって駆け出した。

紗枝の目線の先に一艘の漁船があった。

海のまぶしさに目を細めながら目を凝らす。

船の側面に〝康永丸〟という文字があった。

「康平君」

船に向かって叫ぶ。船の甲板には三人の人影があった。真ん中で手を振る姿、紗枝にはその中の誰が康平かすぐに分かった。

「紗枝、がんばれー！」

康平の叫び声が返ってくる。紗枝は船にも見えるように大きく手を振った。

船が少しずつ近づいてくる。康平の両脇に立つ洋と保の顔もはっきりと見えた。大きく手を振り返す康平の後ろで、保と洋が手作りの横断幕を広げている。

「ガンバレ紗枝！」

文字を見た瞬間、紗枝は思わず笑ってしまった。康平が書いたものだとすぐに分かった。紗枝の大好きな、康平の字だった。

「紗枝、頑張れ！　頑張れ、紗枝！」

「ありがとーう！」

紗枝は両手をぶんぶん振った。大きく飛び跳ねながら手がちぎれそうになるまで手を振った。康平も船の上で手を振り続けた。

やがて別れを惜しむようにゆっくりと港に戻っていく船が、小さな点になり見えなくなるまで、紗枝はいつまでも手を振り続けていた。

遠距離　１９７８

良子と圭一が出会ってから半年近くが経過した。圭一は相変わらず良子の家で暮らしていた。

父は定職を持たない圭一が良子と付き合うことに反対していたが、良子はいっそ自分が圭一を養うことになってもいいと半ば覚悟を決めていた。本格的に漁師として働きだしたり、ネクタイを締めて会社に通ったりということは、圭一には似つかわしくなかった。

お金など気にせず、好きなように写真を撮ってほしい。圭一の写真には良子にそう思わせるだけの不思議な魅力があった。

しかし、経済的な問題は別としても、圭一はカメラマンとしてもっと仕事をするべきだと良子は思っていた。圭一の写真が世に出ないのはもったいない。自分が感じた圭一の写真の魅力はきっと多くの人にも伝わるはずだと考えた。

しかし、看護婦である良子にはカメラマンを売り込む先に心当たりも伝手《つて》もない。それでも、チャンスはどこに転がっているか分からない、と良子は片っ端から、知り合いに圭一の写真を売り込んでいった。

　そのかいもあって、少しずつ圭一に仕事がくるようになった。

　撮影料がある程度まとまって入るようになると、圭一はふらりと撮影旅行に出てしまうようになった。どこに、どれくらいの期間出かけるとも告げずに圭一は姿を消した。その度に良子はもう二度と圭一と会えないかもしれないと思いつめた。しかし、そんな良子の思いも知らず、圭一は呑気そうに笑いながら、各地の名産品を手土産に姿を現すのだった。

　撮影旅行の期間は少しずつ長くなっていった。それでもいつかは帰ってくるのだと良子は自分に言い聞かせて圭一を待ち続けた。

　数カ月後、圭一から一通の手紙が届いた。エアメールだった。圭一は海外にいるのだ。手紙の住所にはカナダ・ノバスコシア州ハリファックスとある。

　急いで封を切ると、中には灯台を写した一枚の写真とカードが入っていた。カードには短いメッセージが走り書きされていた。

『今、滞在しているハリファックスの近くには有名な灯台があります。一目見た瞬間に、僕は北海道のあの灯台と君のことを思い出しました。君は元気ですか』

　圭一のメッセージにあるように、送られてきた写真の灯台は、どこか二人が出会った灯台を思わせた。夕日の中にぽつんとたたずむような灯台の写真を眺めているうちに、良子は自分の目でこの光景を見たい、という気持ちに駆られた。

単なる現実離れした思いつきのはずだった。しかし、写真を見れば見るほど、いいアイデアのように思えた。

そもそも、じっと待っているのは自分の性に合わない。圭一に会いたい。会いに行くのだ。そう思ってからの行動は早かった。良子はその日のうちに職場に連絡を入れ、パスポートを申請し、飛行機のチケットを取った。

そして、パスポートが発券されたその日に、すぐさま空港に向かった。両親には何も告げなかった。反対されることが目に見えていたからだ。

幼馴染の真人にだけは事情を打ち明けた。彼は良子にとって小さいころから味方であり続けてくれた数少ないうちの一人だった。その時も真人は何も言わず、空港へ送ってくれた。もの言いたげな真人を安心させるように抱擁すると、良子はカナダへ飛び立った。

ハリファックスまでは気の遠くなるような時間がかかった。初めての海外旅行であることに加え、英語も満足にしゃべれない良子にとって、飛行機を乗り継いでの旅は苦難の連続だった。それでも、彼女の片言の英語に辛抱強く耳を傾け続けたカナダ人たちの導きで、良子はなんとか圭一が暮らす部屋の前に立つことができた。

圭一は良子の姿に驚いたものの、追いかけてきた理由をただすこともなく、彼女を迎え入れた。ほんの数時間会っていなかっただけであるかのような圭一の態度に、良子は力が抜けた。会えない間、どんな風に詰《なじ》ってやろうかと、そんなことばかり考えていたのに、彼女の口から出たのは、「会いたかった」という素直なひと言だけだった。

それから良子は圭一の部屋で暮らしだした。

圭一は優しかったけれど、相変わらずほとんど仕事をしていない彼との暮らしは決して楽ではなかった。異国で暮らすというストレスもまた彼女を苦しめた。大家さんをはじめ、出会う人は皆優しく彼女に接してくれたけれど、言葉が通じないという心細さはどうしようもなかった。

それでも、カナダに来たことに後悔はなかった。ささやかな夕食を共にしながら、圭一がこれまでに撮影した写真を眺め、世界中の話を聞く。そのことにしみじみとした幸せを覚えた。

だが、その幸せも長くは続かなかった。圭一が家を空けるようになったのだ。

良子は孤独を募らせる度に、ハリファックスの港に出かけた。どこか故郷の海を思い出させる光景を眺めながら、長い時間を過ごした。

ぼんやりと海を見ていたある日、良子は突然吐き気に襲われた。産婦人科も担当していた良子はすぐにつわりだと分かった。

圭一がいない時間の中で、良子の体はゆっくりと変わっていく。子どもを授かったという喜びも、分かち合う相手がいない孤独の中では、不安にとって代わられそうになった。

圭一が戻ったのは二カ月も後のことだった。妊娠を告げると圭一は手放しに喜び、良子をいたわった。

しかし、妊娠の事実も、圭一の足を長く留めておくことはできなかった。圭一は身重の良子を残して、また、撮影にでかけてしまった。

そして、圭一が戻らないまま、良子は出産を迎えた。病院に連れて行ってくれたのも、ずっと付き添って手を握っていてくれたのも、外国人の大家のおばさんだった。

出産の痛みに苦しむ良子の顔を見ながら、おばさんは英語で口汚く罵《ののし》った。英語は聞きとれないはずなのに、こんな大切な時にこの場にいない圭一を責めていることがなんとなく分かった。

「いいの。そういう人だから。もういいんです」

日本語で答えたのに、おばさんも良子の言ったことが分かったようだった。呆れたように首を振ると、励ますように良子の手の甲を叩いた。

出産後、ようやく戻ってきた圭一は、赤ん坊を見るなり、相好を崩した。

「なんてかわいいんだろう。天使みたいだ」

赤ん坊を抱き上げ、頬ずりしながら、圭一は心から感嘆した。

「良ちゃん、すごい。本当にえらいよ」

「他人《ひと》ごとみたいに言わないで。あなたの子どもでもあるのよ。もうどこにも行かないで。側《そば》にいるって約束して」

良子は懇願した。圭一はあっさりと答えた。

「どこにも行かないよ。僕はこの子の父親なんだから。なあ、紗枝」

圭一は腕の中の赤ん坊に呼び掛ける。

「紗枝？」

「ああ、この子の名前。旅をしながら、ずっと考えていたんだ。いい名前だろう？」

それから圭一は人が変わったように、良子と紗枝の世話を焼いた。観光ビザで誤魔化しながらカナダに滞在している彼にきちんとした仕事が見つかるはずもなかったが、それでも細々《こまごま》した仕事を見つけてきては熱心に働くようになった。

紗枝の誕生で圭一の写真も変わった。風景ばかりを撮影していた彼が、良子と紗枝の写真を夢中になって撮るようになった。

「二人を撮りたい場所があるんだ」

圭一が良子たちを連れだした先は灯台だった。圭一から送られてきた写真の灯台だ。カナダに飛んだ時にはこの光景を見たいと強く思ったはずなのに、良子はすっかり忘れていた。世界の果てという言葉が心をよぎる場所だった。

圭一はフィルムを何本も替えて、良子たちを撮り続けた。日が暮れ出しても、シャッターを切る手を止めない圭一を、良子は親バカだと笑った。

「そうかもしれないな」

圭一は屈託なく認める。良子は呆れて目をぐるりと回した。

「もう、灯台の写真はいいんでないの。十分撮ったっしょ」

「まだ、これっていう写真が撮れてないんだ。僕は紗枝に目印を残したいんだよ。ここで生まれたっていう印を」

そう言って圭一は夕焼けの中、シルエットのように浮かび上がる良子と紗枝に向かって、素早くシャッターを切った。

遠距離　１９９７

四月、早稲田大学文学部のキャンパスの前で、紗枝はすっかり立ちすくんでいた。

校舎へと続くスロープは人で埋め尽くされていて、前に進むには強引にかき分けなくてはならないほどだった。紗枝がこれまでの人生で出会った人よりも多くの人間が、そこでもみくちゃになりながら、大声で何かを口々に叫んでいた。

あちこちに立て看板が並び、さながら雰囲気は文化祭のようだ。

これが噂に聞いた、サークルの勧誘かと紗枝は思った。

早稲田出身だった釧路の進学塾の先生にサークル勧誘の熾《し》烈《れつ》さを聞いた時には、大げさに言っているのだろうと思ったが、噂以上の異様な熱狂ぶりだった。

紗枝は意を決してスロープを登り始めた。たちまち四方八方から人が群がり、ビラを押しつけては強引に腕を引く。

最初は曖昧に笑顔で断っていた紗枝だが、次第に完全に無視をするようになり、振り払うように前に進んだ。

サークルに入らないことは、東京で部屋を探した時から決めていた。寝返りも打てないのではないかと思うぐらい狭い部屋なのに、五万円という家賃がつく東京の物価に衝撃を受けた。生活するだけでもかなりの金額がかかるのに、サークルを始めたら、きっと活動費やら飲み会やらで出費は膨らむだろう。大学に通わせてもらうだけでも母に負担をかけているのに、これ以上迷惑をかけるわけにはいかないと思った。

荒れ狂う波のようだった、サークル勧誘の群れを突破すると、ようやく校舎にたどりつく。一度受験では訪れていたが、学生として校舎の前に立つとまた感慨深いものがあった。

ここから世界に旅立てるように、頑張って英語を勉強しよう。

紗枝は自分に誓った。

しかし、授業が始まってすぐ、紗枝は大学というものに戸惑うようになった。大学は高校までの学校とはまったく異なる場所だった。

大学では何をどう勉強すればいいのか、誰も教えてはくれなかった。何を学びたいかという選択は個人に任され、授業に出席するかしないかも自分の責任で選ぶことができる。

その圧倒的な自由が、紗枝には恐ろしかった。正しい選択を押しつけてほしいとさえ思った。

大学だけでなく、一人暮らしもまた彼女が初めて味わう圧倒的な自由だった。北海道の家でも、良子はほとんど仕事に出かけ、家を空けていたから、自分は一人に慣れていると紗枝は思っていた。しかし、一人暮らしをしてみて、初めて母の存在がどんなに大きかったかを知った。夕飯のメニューを何にするかも、お風呂の掃除をするかしないかも、全ては紗枝が決めるしかなかった。その自由は孤独と表裏一体だった。

冷蔵庫の野菜が腐っているのを発見した瞬間、紗枝は自分でもよくわからないままに泣きだしていた。たまらなく独りだと感じた。

そんな時、康平の声が聞きたいと紗枝は思った。会えなくてもいい。あの柔らかく自分を包み込むような声を聞きたいと思った。

しかし、まだ電話は部屋に引かれていなかった。紗枝は康平に手紙を書いた。愚痴めいたことは一切書かず、東京で出会った珍しいことや楽しかったことばかりを一生懸命書き連ねた。しかし、康平からの返事は届かなかった。紗枝は大学から帰るたびにポストを覗き込み、ため息をついた。

東京暮らしがひと月過ぎた頃、ようやく紗枝の部屋に電話が引かれた。

手紙で電話のことを康平に伝えると、彼は開通したその日に連絡をよこした。

「あ。俺」

その短い言葉を耳にしただけで、紗枝は知らず知らずのうちに肩に入っていた力がすうっと抜けるのを感じた。

「康平君」

「手紙に電話ついたって書いてあったからかけてみた」

「ありがとう。康平君が第一号だよ」

「やった」

康平の低い笑い声が紗枝の鼓膜をくすぐった。

「元気？」

尋ねる紗枝の声は上ずった。康平の声を聞いてほっと気が緩んだはずなのに、一方で久しぶりに話すことに照れと緊張がある。

「うん、元気。紗枝は？」

「元気だよ。今、どこから電話してるの？」

「漁協の前の公衆電話」

「えっ、じゃああんまり長く話せないね」

「いや、大丈夫。昼の内にばっちり小銭に崩してあっから」

紗枝は電話の上に山のような小銭を積み上げる康平の姿を想像した。康平の住む漁村にはまだテレカ対応の電話ボックスはなかったのだ。紗枝は、真っ暗な港の電話ボックスでコインを投入し続ける康平の姿を思い描いた。

「家はみんなもう寝てっから、電話してっと叱られんだ。今、定置網の季節だから、朝三時には出港だべ。夜八時過ぎると家の中がなまら静かなんだ」

「なんか、北海道弁懐かしい」

しみじみと紗枝は言った。

「何言ってんだ。俺は昔から標準語だべ」

紗枝はくすりと笑った。

「笑うな」

康平は、うれしそうに言う。

「笑うなって！」

それから二人は堰《せき》を切ったようにお互いの近況を話し出した。康平は漁師になったことでより厳しくなった父のことを愚痴り、紗枝は腐らせてしまった野菜のことを嘆いた。

久しぶりの会話に二人とも高揚していた。途切れることなく会話は続いた。

しかし、康平が用意した百円玉がとうとう最後の一枚になった。

いつ切れるか分からない時間の中で、紗枝は手紙のことを切りだした。

「手紙、どうしてくれなかったの？　待ってたのに」

「ごめん。何度も書こうとしたんだけど、うまく書けなくて。俺、字下手だし」

「康平君の字、私、好きなのに」

康平は唸った。本当に手紙が苦手なのだ。

「葉書に、一言だけでもいいからさ」

分かったと康平が言いかけたところで電話は切れた。

それから数日後、康平から葉書が届いた。普通の真っ白な官製葉書いっぱいに「元気ですか」と一言だけ書いてある。

紗枝は口元をほころばせ、その葉書を、康平から最初にもらったメモと一緒に手帳に挟んだ。


紗枝は次第に大学生活にも、一人暮らしにも、そして東京にも慣れていった。要領をつかんで、自分のペースを確立するようになると、自由であることに寂しさを覚えることは少なくなり、放っておかれる解放感さえ覚えるようになった。人間関係の濃い田舎では味わえなかった解放感だった。

東京での生活を楽しむ余裕が生まれたことで、欲の出た紗枝はバイトを探し始めた。サークルに入らなかったことで随分出費は抑えられたけれど、友人と何気なく時間を過ごすだけで東京では驚くほどお金がかかった。

思うようなバイトはなかなか見つからなかった。授業にはしっかり出ることを考えると、拘束時間が短い家庭教師や塾講師などのバイトが理想だったが、大学の周囲や紗枝の家の周りはバイトの大学生が飽和状態のようで、募集自体が少なかった。

その日もバイトを探すため、紗枝は学生課に向かおうとしていた。

入学当初あんなに騒がしかった校門前のスロープは本来の静かな姿を取り戻しつつある。しかし、それでもまだ、粘り強く新入生を勧誘しようというサークルが、いくつかブースを構え、ビラを配っていた。

差し出されたビラを曖昧な会釈でかわす様もすっかり板についた。足早に坂を登る紗枝はあるサークルの立て看板に目を引かれ、思わず足を止めた。

フォトフリークという写真サークルの看板だった。アフリカやアジアなど様々な国や人種の子どもたちが歯を見せて笑っている写真。作り物めいた愛想笑いは一切なく、どの子も弾けるような笑顔を見せているのが印象的だった。

見ている紗枝の顔もつられたようにほころんだ。

「写真に興味あるの」

背後からの声に振り返った瞬間、シャッターが切られた。

驚いた紗枝に、カメラを持った男がなれなれしく微笑みかけてくる。飄々《ひょうひょう》とした雰囲気の男だった。一見、好青年風にも見えなくはないが、表情には人を食ったような雰囲気がある。

「この写真は全部俺の作品なんだ。どう、いいでしょ。ちなみに俺は北見。君は？」

紗枝は答えず、不審そうな目を北見に向けた。

「名乗りたくない？　それとも名前がない？　どっちにせよ不便だから、そうだな、山田花子とでも呼ばせてもらうね。で、花ちゃんは写真に興味あるのかな」

「私は花子じゃありません」

紗枝が堅い声で答えると、「やっと口きいてくれた」と北見は笑った。

「サークルには入るつもりないですから」

そう言って歩き出した紗枝を北見が慌てて引きとめる。

「別にカメラは持ってなくてもいいんだよ。撮る側がいやなら、モデルでもいいし。そうだな、見た所、八十、六十、八十ってとこかな」

視線で上から下まですうっと撫でられながら、スリーサイズをほぼ言いあてられる。紗枝は持っていた鞄を、身を守るように前に抱えた。

「そんな時間ないんです。お金もないし、バイトも探さなきゃならないから」

北見を振り切って紗枝が歩き始める。

「あ、だったら、いいバイト紹介してあげようか」

バイトという言葉に反応し、紗枝は足を止めて、振り返った。

「時給二千円で週四日」

悪い話ではない。

「まあ、夜の仕事だけど」

へらりと笑う北見に向かって、紗枝は「失礼します」と険しい口調で頭を下げ、今度こそ振り返らず歩き出した。

北見が小走りに追ってくる。横に並ぶと、紗枝の顔を覗き込むようにして、同情を誘うような顔をしてみせた。

「冗談だよ。悪かったって。花ちゃんの反応が見たくてつい悪乗りしました。ごめんなさい」

「だから、花ちゃんじゃないですから」

「だったら、なんて呼べばいいの？」

「平沢。平沢紗枝です」

紗枝は根負けして言った。

「じゃあ、改めて紗枝ちゃん。サークルとバイトどうする？」

「どっちも結構です」

つんとして答える紗枝に、北見は「残念」と肩をすくめた。

「広いようで狭い大学だし、また会うだろうから、気が変わったら言ってよ。まあ、こっちには人質もいるしね」

にやりと笑ってカメラを掲げると、北見は小走りにサークルのブースに戻っていった。なんのことか分からずにいた紗枝だが、しばらくして、あっと声を上げた。

振り返りざまに撮られた写真のことを、紗枝はすっかり忘れていた。


北見の予言通り、紗枝は大学で何度も彼とばったり遭遇した。その度に北見はサークルとバイトの話をもちかけ、紗枝はばっさりと断った。

何度目かの遭遇の際、北見が紗枝に一枚の写真を見せた。不意打ちで撮られた紗枝の写真だった。

子どもたちが写った写真を見て浮かべた微笑みの余韻が、口元に残っている。しかし、目がどこか途方に暮れたように寂しそうに見えた。

「私、こんな顔してました？」

「してたから、写ってるんだろうなあ」

「……写真てすごいですね」

鏡で見る自分とはまったく違う、北見の写真に写った自分の表情が、紗枝には衝撃だった。

「写真に興味が出てきた？」

そう改めて聞かれ、紗枝は素直に頷いていた。

それから紗枝は北見のサークルに顔を見せるようになった。北見が所属しているサークルだけあって雰囲気は極めてのんびりとしていた。会合や飲み会に顔を出さなくても誰も何も言わないし、そもそもこれをやるという明確な目的もなかった。

「少しずつお金を出し合って暗室を借りようっていうのが、一番の目的っていうサークルだからね」

北見の言葉に、紗枝はそんなものかと思った。高校までの部活動と同じにサークルを考えていたわけではなかったが、もう少しきちんとした集まりかと思っていた。

北見は紗枝にカメラを貸し、撮影から現像まで丁寧に教えてくれた。しかし、紗枝はあまり自分で撮ることには気持ちが向かなかった。部員たちの写真を見ることのほうが好きだった。同じものを撮っても、人によってまったく違う写真が撮れる。そのことが不思議で、面白かった。

バイトについても結局、北見の世話になった。

案内するという北見に連れられ、高円寺の街を歩きながら、紗枝はきょろきょろ辺りを見回した。飲み屋やキャバクラの看板が両脇にひしめいている。紗枝の頭に一瞬、「夜の仕事」という言葉がよぎった。

「あの、やっぱり私……」

怖気《おじけ》づく紗枝を引きずるようにして、北見は雑居ビルに入って行った。二階のドアを勢いよく開く。受付らしい場所には数人の子どもたちがいた。北見を見るなり、わっと集まってくる。

北見は片っ端から乱暴に頭を撫でた。子どもたちはくすぐったそうな顔をして身をよじる。

「後でな。先生ちょっと用があるから」

そう言いながら、北見は奥のドアを開け、紗枝に入るよう促した。

北見の言う美味《おい》しいバイトとは、彼自身も働いているという塾の講師だった。

「元山先生、この間、話した大学の後輩」

たっぷりとした髭《ひげ》をたくわえた、和製サンタクロースのような風貌の男性が机から顔を上げた。机の上にはテスト用紙が山のように積まれている。この男が塾長だと北見は紗枝に耳打ちした。

「ああ、話は聞いてるよ。で、いつから入れるのかな」

塾長は紗枝の履歴書も見ずに話を進めようとする。

「ちょっと、待ってください。私を雇うかどうか面接しなくていいんですか？」

「北見君の紹介なら安心だ。いろいろ問題のある男だが、人を見る目だけは確かだからな」

塾長は北見をちらりと見て、また紗枝に視線を戻すと、にやりと笑った。

ためらう紗枝の様子を見て、北見はとにかくまずは塾の雰囲気を見て、それから決めたらどうかと提案した。

もうすぐ北見の授業が始まる。それを見学してはどうかというのだ。

紗枝は小さな教室の一番後ろに席を用意してもらった。

北見のその日の授業は高校生向けの日本史だった。

戦国時代の年号と出来事をホワイトボードに書きだした北見は、突然その横にいちごパンツの絵を描き始めた。

「一五八一年は天目山の戦い、本能寺の変、山崎の戦いと歴史的に重要な出来事が続いた大事な年です。なので、いちごパンツと覚えましょう」

生徒たちは顔を見合わせながら、くすくすと笑った。

そんな中、一人の男子生徒が手を挙げて、質問する。

「でも、それじゃあ、年号が覚えられても、出来事が思い出せなくないですか？　テストの時、いちごパンツしか思い出せないんじゃ困ります」

北見はその生徒に向かって頷いてみせると、「いい質問だ」と言った。

「年号と出来事をリンクさせるために、脳内で織田信長と明智光秀にいちごパンツをはかせてみようか。みんな目をつぶって。いちごパンツ姿の二人をイメージして」

目をつぶったまま生徒たちが堪《こら》え切れず、ぷっとふきだす。

「これで、大丈夫。テストの時もきっと忘れないよ」

北見はすました顔で言った。

授業は終始笑いが絶えなかった。紗枝も講師候補として見学していることも忘れて、北見の授業を楽しんだ。

授業が終わっても、生徒たちは北見を囲んで、なかなか帰ろうとしなかった。勉強の質問をするだけでなく、恋愛や親のことまで生徒たちは北見に打ち明け、相談した。北見は面倒くさそうな表情を一切見せることなく、丁寧に話を聞いた。

最後まで残っていた女の子の数人は、そんな北見に淡い気持ちさえ抱《いだ》いているようだった。

北見が完全に解放されるのを待つ間、紗枝は教室に貼られた写真を眺めていた。教室の壁に、『北見先生のフォトコーナー』と題された一角があったのだ。

最初に紗枝の目を引いた立て看板の写真と同じような、子どもたちを撮影した写真ばかりが貼られていた。写真の真ん中には世界地図があり、いくつかの国にピンが止めてある。写真と見比べているうちに、北見が訪れた国を示していることが分かった。ピンの数は優に二十を超えていた。

「普段はここでバイトして、金が貯まったらあちこち写真を撮りに行ってるんだ」

北見の言葉に紗枝はびくっとした。脳の中を読み取られたのかと錯覚した。

最後の生徒を帰した北見は、丁寧にホワイトボードを消している。

「……学校の授業は？」

「痛いとこ突いてくるなあ」

北見はお腹を押さえながらよろけてみせる。

「今、俺、六年生なの」

「ほんとに大学六年生とか実在するんですね。そういう大学の主《ぬし》みたいな人、都市伝説で実際はいないと思ってました」

「キツイなあ。まあ、そういうの嫌いじゃないけどね」

軽薄な北見の言葉を無視して、紗枝は写真の子どもたちにじっと視線を向けた。

「子どもの写真が多いんですね」

「ほら、僕の心が少年のように純粋だから」

きりっとした真面目《まじめ》な口調で北見が言う。真剣に言っているのか、冗談なのか計りかねて、紗枝は北見の顔をまじまじと見た。

「ここ、笑うとこなんだけど」

情けない口調で北見が言う。

「笑ってくれないと、俺が恥ずかしくなるでしょうが」

北見はわざとらしく肩をすくめると、自分の写真に向き直り、愛《いと》おしそうに見つめた。

「これね、全部学校で撮った写真。どの国に行った時も、学校に行って撮らせてもらうことにしてんの」

北見は一枚一枚、写真について熱心に語りだした。北見の話は巧みで面白く、紗枝は写真に写った子どもたちに特別な親しみを覚えるほどだった。

北見の写真の話を聞いていると、小さい頃のことを思い出した。カメラマンだった父は、布団の中で紗枝が眠りにつくまでの間、絵本を読み聞かせる代わりに、写真を見せてくれた。父が楽しそうに話してくれたその土地の話が、紗枝は大好きだった。

紗枝の瞳にうっすら涙の膜が張った。きらきらと光る紗枝の目に気付いているのに、北見は何も言わなかった。

ずかずかと自分の心に踏み込もうとしない北見の距離感が、紗枝にはありがたかった。こういう形の優しさもあるのだと感じた。

紗枝はその日のうちに、塾講師のバイトを決めた。

康平は夏を楽しみに、毎日の労働をこなしていた。夏になれば紗枝が帰ってくる。バイトを始めたという紗枝は忙しく、夜に電話をしても留守電が応答することが多かったから、なおさら康平はその日を指折り数える思いでいた。大学は長い夏休みがあるということは紗枝から聞いていた。紗枝も北海道に帰り、康平と会うのが楽しみだ、と言っていたのだ。

しかし七月になって、

「なしてよ。帰るって言ってたべ？」

康平は詰った。楽しみにしていたのは自分ばかりかと思うと腹立たしく、哀しかった。

「ごめんね。でも、どうしてもバイト先の人手が足りないからって頼まれたの。高校生の夏期講習を担当してほしいって」

紗枝は言葉を尽くして、帰れない理由を説明する。しかし、康平が腹を立てているのは、単に紗枝が帰らないということだけではなかった。紗枝がバイトを優先させると相談なしに一人で決めてしまったこともまた、康平にとっては裏切りのように感じられた。

「自分を必要としてくれてるのに、断れないよ」

自分だって紗枝を必要としているのに。そう口走りそうになって、康平はぐっと堪えた。あまり女々《めめ》しい自分を紗枝に見せたくはなかった。

すっかり落胆した康平は、仕事にも思うように集中できなかった。

康平の落ち込みようは、すぐさま周囲に知られるところとなった。そのことを一番気にしていたのは、身近で康平の様子を見続けてきた洋と、漁協の事務員のリツ子だった。

まだ十九歳という年齢のリツ子は漁港の中でもひときわ目立つ存在だった。若い女というだけで目立つのに、茶色く染めた髪やピンヒールのサンダルを貫くその姿は異質とさえいえた。派手な風貌で、いつもけだるげな態度の彼女は年長者に評判が悪かった。きつめの美人という顔立ちやつっけんどんな物言いも災いした。

しかし、年齢も近く、幼い頃からリツ子を知っている康平や洋は、リツ子が不器用ながら健気《けなげ》に働いていることを知っていた。

「なんか、この頃、康ちゃん、ぼーっとしてるんでない？」

事務所に入ってきた洋に、リツ子はさりげない口調を装って話しかけた。

「ああ、コレだ、コレ」

洋は小指を突き出した。

「夏休みに東京から彼女が帰って来るはずだったんだけど、バイトが忙しくて帰れなくなったらしい」

「バイト？　ほんとかなあ」

リツ子は眉根にしわを寄せた。

「どういう意味よ」

リツ子は真っ赤なペディキュアを施した足をぶらぶらとさせながら、

「考えたら分かるべさ。東京の女子大生がわざわざこんな田舎の漁師と遠距離恋愛すると思う？　バイトとか理由をつけて、男と遊んでるに決まってるべ。じきにダメになるっしょ」

そう吐き捨てるように言うと、リツ子は洋の提出した伝票の量にため息をつき、猛然と処理作業を始めた。

「リツ子」

「何？」

デスクに顔を埋めたまま、リツ子は答える。

「……お前、康平のこと好きだべ」

リツ子はばっともののすごい速さで顔を上げた。

「は!?　そんなことあるわけないっしょ。全然タイプじゃないし」

「じゃあ、俺とつき合わねえ？」

洋は両手をリツ子の肩に置き、真剣な顔で言う。リツ子は表情を変えずに、手の甲をつねった。

「もっと、タイプじゃない」

洋は手をさすりながら、がっくりと肩を落とした。

リツ子は再び伝票と格闘を始める。洋は所在なげな様子で、それでもリツ子の周りをうろうろとしていた。

「気が散る」

「休憩中ぐらい好きなところにいたっていいべ」

リツ子はため息をついてボールペンを放り投げ、洋に向き直った。そして、少しためらうようなそぶりを見せた後、ゆっくりと口を開いた。

「康ちゃんのことだけどさ」

「また、康平か……」

と、言いかけリツ子に睨まれて、洋は言葉を飲みこんだ。

「康ちゃんが元気ないの、家のことなんでないの？」

リツ子の脳裏には、先日漁協の応接室で見かけた康平の父・健二郎の姿があった。リツ子が頼まれたお茶を運んで行った時、健二郎は組合長に向かって土下座をしていた。

「何べん頼まれても、もう金融部長が判断したことだから」

渋い顔で言う組合長に向かって健二郎はさらに頭を低く下げた。額が床につくほどだった。

「そこを何とか……組合長、お願いします」

「健ちゃんよ、ここ数年、獲れ高も下がってるし、苦しいのはあんたのとこだけじゃねえべ。漁協もぎりぎりでやってんだ」

「分かってます。陸でも働くし、滞ってる分は、絶対なんとかしますから、もう一遍考えてもらえませんか、お願いします」

必死で食い下がる健二郎は、少し小さく縮んで見えた。いつもの堂々とした姿とはまるで違う健二郎の姿から、よくないことが起こりつつあるとリツ子は感じた。そして、お茶をテーブルに置くと、逃げるように応接室から出てきたのだった。

その光景は、リツ子の頭にこびりついていた。

「この間ね……」

リツ子は話しかけて、ぷつんと言葉を切った。話そうとした途端、健二郎の苦しげな横顔が頭に浮かび、急に話すのが怖くなったのだ。

「やっぱりなんでもない」

「なんだ。言いかけて言わないのはなしだべ」

憤慨する洋に背を向け、リツ子は再びボールペンを取り、伝票をめくった。


紗枝から夏休みに戻れないと連絡を受けた一週間後、康平は腕に怪我を負った。船の上での出来事だった。クレーンでつり上げられた漁網に気付かず、慌ててよけようとして足を滑らせたのだ。船のヘリで強打し、腕に軽いヒビが入った。

「船の上で気抜くんでない！　命取られるぞ！」

父はいつも以上に厳しい口調で康平を叱り飛ばした。が、すぐにすばやい手つきで応急手当をしてくれた。康平は自分が情けなかった。痛む傷を押さえながら唇をかみしめた。

ぼんやりしていたのは、紗枝のことを考えていたからだ。一度は紗枝が帰ってこないという事実と折り合いをつけ、受け入れたのだが、年上の漁師仲間たちに散々からかわれ、急に不安が頭をもたげだしたのだ。先輩漁師たちは口々に、東京に男がいるに違いないともっともらしく、吹き込んだ。

病院で康平は腕をぎっちりと固定され、二週間は動かさないように、と医師に言われた。二週間も仲間たちに迷惑をかけるのかと心を暗くする。

とぼとぼと廊下を歩く康平に背後から声がかかった。

「なるほど、あんたが例の新米漁師か」

話しかけてきたのは、受付にいた中年の看護婦だった。じいっと穴があくほど見つめられ、
康平はたじろいだ。

「そうですけど、なんでしょう」

「意外といい男でないの」

看護婦はからからと笑って、自分を指差した。

その人は紗枝の母・良子だった。康平の診察券の名前を見てもしやと思い声をかけたと言った。

「紗枝がお世話になってます」

「こちらこそ」

と頭をトげてから康平は言った。

「紗枝ちゃんには、このこと言わないでもらえますか」

「なして？」

「心配するといけないし」

「かっこつけちゃって！　海の男が！」

良子は豪快に笑うと、康平の怪我をしていない方の腕をがっしりとつかみ、その階にある

小さな待合室まで拉致《らち》するように引っ張っていった。

「で、どうなの」

康平ににじり寄るようにしながら、良子は興味津々といった様子で尋ねた。

「何がですか？」

「遠距離恋愛に決まってるっしょ。ちゃんとうまくやってんの？」

痛いところを容赦なく突かれ、康平はため息をついた。

「いや。なんか紗枝……いや、紗枝ちゃん、この頃、塾のバイトが忙しいらしくて、なかなか電話で話もできなくて。夏休みも帰って来ないみたいだし」

「ボヤボヤしてると、東京の男に手つけられちゃうよ！」

康平の肩を叩きながら、良子は陽気に笑う。康平は傷の痛みに顔を歪めながらあっけに取られていた。そして大真面目な顔で言った。

「実の母親が、娘のことそんなふうに言っていいわけですか。なんかそういうのって」

「何言ってんのさ。若いんだもの、恋の一つや二つしなきゃ、いい女になれないっしょう！　相手は別にあんたでも、東京の男でも誰でもいいの」

ポカンと良子を見つめる康平に良子は言った。

「私はね、ただ、紗枝に本気で誰かを好きになって、後悔のない恋愛をしてほしいだけ。いい加減にくっついたり、離れたり。そんな恋じゃなくってさ」

康平は何も言えなかった。痛めた腕を抱えてじっと聞いていた。

「もしも、あんたが本気だったら、紗枝のことこっちに連れ戻すぐらいの勢いでアタックすればいいっしょ。人生は一度しかないんだからさ」

良子は康平の背中を勢いづけるようにばんと強く叩いた。康平が痛さに呻《うめ》く。

良子はソファーから立ちあがり、大きく伸びをすると、柔らかい声でつぶやいた。

「あっという間に死んじゃう人だっているわけだし」

紗枝の父親のことを言ってるのだと思った。


秋の漁が終わり、十一月に入ると漁港にも師走の慌しい空気が流れ始める。

年末年始の休み。クリスマスに、康平は、紗枝に会いに東京に出ることを決めた。そう伝えると、電話口で紗枝は、うれしそうな声を上げた。

「ホント！　東京に来てくれるの」

「うん」

「楽しみにしてる」

紗枝の言葉が嬉しくて、仕事する手にも力が入った。

「お前、わかりやすすぎ！」と、洋や他の先輩漁師にもからかわれたが、そんなことはどうでもよかった。が、イブが近づくにつれて、康平の心にひとつ気にかかることが出てきた。泊まる場所だ。東京へ行くとは言ったが、どこに泊まるかは伝えていなかった。紗枝と康平の間には、まだキス以上の関係はなかった。紗枝の部屋に、自分から泊めてくれというのはずうずうしい気がしたし、かといってホテルを取るのも、なんだか他人行儀でおかしい気もした。

悩んだあげく、紗枝に電話でたずねると、

「うちに泊まればいいじゃない」

と、あっさり言われた。あまりにも簡単にそう答えられて、また不安になり、切ったあとにまた電話をかけ直す。

「あのさ。紗枝」

「なあに」

「ホントに俺……紗枝の部屋に泊まってもいいのかな」

「どうして」

紗枝は、無邪気に不思議そうな声を出す。

「イヤ、もしなんだったら、中学の先輩で川崎に住んでる人がいるから、そこへ」

紗枝は、静かに康平の言葉を遮った。

「いいよ。そんなことしなくて」

それから、少し間をおいて言った。

「クリスマスだもん。……やっと二人きりで、会えるんだもん。うちに来て」

紗枝の声が、妙に生々しく、大人の女の声に聞こえた。

康平は、静かに受話器を置き、紗枝のことを思った。九カ月ぶりに会う紗枝のことを。

クリスマスイブ当日、康平は高田馬場駅の喧騒の中にたたずんでいた。紗枝との待ち合わせまでまだ一時間近くもあった。迷ったりするのが怖くて時間に余裕をもたせたことが仇《あだ》になった。

どこか適当な店で時間をつぶす度胸もなく、康平は待ち合わせ場所で紗枝を待つことにした。肩から提げているクーラーボックスと丁寧に梱包された箱を守るようにかかえた腕は、何度も通行人にぶつかり、康平はその度に睨みつけられた。

想像以上の人の数に康平は圧倒された。人だけでなく、街全体がクリスマスに浮かれているように見える。みんながしたたかに酔っ払っている飲み会に、一人だけ素面《しらふ》で参加しているような違和感を覚えた。

自分は明らかに浮いている。

　康平はじっとしていることができなくなり、紗枝の通う大学に向かうことにした。紗枝を探そうと思ったのだ。しかし、そのアイデアが安易であったことは大学に着いてすぐにわかった。康平の想像以上に大学は広大だったのだ。

　康平はキャンパスをあてもなくさまよい出した。

　行きかう学生たちは自分とはまったく異なる人種に見えた。自分よりも頭がよさそうだというだけでなく、人生を楽々と上手に生きているように見えた。十分も歩かないうちに康平はぐったりとして、目についたベンチに座り込んだ。今、自分がどこにいるかもよく分からなくなっていた。

　不意に心配になって、康平はクーラーボックスを開けた。中には毛蟹、鮭、ほっけ、ホタテなど北海道の海の幸が入っている。紗枝に食べさせたくて、漁港や市場で用意したものだ。鮮度を保つための氷はまだ残っている。康平はほっとしてふたを閉めた。

　待ち合わせ場所にもどろうか、それとももう少し探してみようか。

　クーラーボックスを抱えながら、考え込んでいると、遠くの方からこちらに向かってくる数人の大学生の姿が目に入った。

　そのうちの一人が紗枝だとすぐに分かった。弾むような、きびきびとした足取りは確かに紗枝のものだ。

康平は慌てて荷物を抱え上げると、紗枝の方に向かって足早に歩き出した。久しぶりに見る紗枝は、驚くほど洗練され、綺麗になっていた。凛《りん》とした美しさに磨きがかかった彼女の姿に康平は気おくれを感じた。

その時、ひとりの男の姿が、康平の目に飛び込んできた。「教えろよ、教えろよ」と繰り返しながら、子犬のように紗枝の周りにまとわりついている。北見だった。

「なあ、いいじゃん、教えてよ。今日のイブは誰と過ごされるんですか」

北見は紗枝の口元に架空のマイクを突き付ける。

「もうやめてください。どうして、そんなことまで北見先輩に報告しなきゃいけないんですか」

冗談めかした口調で紗枝は北見を突き放す。北見は手を心臓にあて、「ショック」と大げさによろめいた。

「かわいい後輩を少しでも理解しようっていう先輩の気持ちがなんで分からないかなあ」

「別に分かりたくないですから」

「そんなこと言ったら、髪の毛くしゃくしゃにするぞ。いつもの倍、セットに時間かけたことはお見通しなんだからな」

北見は紗枝の髪に手を伸ばす。紗枝は悲鳴を上げながら逃げ惑った。

「もうやだ！　先輩やめてください！」

北見の腕を押さえながら、紗枝が真顔で抗議する。

二人はまるで仲の良い兄妹のようだった。

康平は足を止め、立ちつくした。

他の大学生に感じた自分とは別の人種だという感覚を、目の前の二人に対してより強く感じた。

そう思った瞬間、皮肉にも紗枝の目が康平を捉えた。

紗枝は驚き康平を見つめた。

そして、困惑したように康平に向かい、ぎこちない笑みを浮かべた。

「康平君」

名前を呼ばれ微笑み返した康平の顔には、やはり同じようにぎこちない笑みが浮かんでいた。康平の姿を見た北見は片手をひょいと上げ、紗枝に「じゃあ」と言うと寒さに身を縮めるようにして、立ち去って行った。

紗枝が予約したという店は、感じのいい、こぢんまりとした店だった。けっして高級店ではなかったが、キャンドルの光に照らされた、クリスマスの店の雰囲気に、康平は居心地の悪さを感じていた。

キャンドルのあたたかい光に照らされた紗枝の肌は、まるで輝いているように見えた。紗枝は化粧をしていた。康平は向かいに座った彼女を直視できず、メニューに目を落とす。

メニューには多くの料理が載っていた。知らない料理名も沢山あった。

本当は、メニューのことなどどうでもよかった。康平の頭の中には、さっきの男と紗枝の姿がこびりつき、離れなかった。九カ月ぶりに会った紗枝、美しく変貌した紗枝が、急に遠くの世界に行ってしまったようで、そのことがショックで、康平は不機嫌に黙りこんだ。

「ご注文はお決まりでしょうか」

「康平君、決まった？」

「あ、いや……」

口ごもると、紗枝はメニューのトップにあるコースを指差した。

「この、クリスマスメニューにしようかと思っていたんだけど、どうかな」

康平は内容もろくに見ずに頷いた。

店員がメニューを下げてしまうと、今度は卓上で揺れるキャンドルの炎に目を据えた。

気まずい沈黙がテーブルを覆う。二人の雰囲気は明らかに、クリスマスイブを楽しむ周囲のカップルから浮いていた。

「このお店ね、前から来てみたかったの」

雰囲気をもりたてようと、はしゃいだ口調で紗枝が言う。

「雰囲気がいい割には安くておいしいって、大学の友達に教えてもらって」

「……へえ」

「予約とるの結構大変だったのよ」

紗枝に答えず、康平は水を勢いよく飲み干した。

再び沈黙が広がる。康平が明らかに怒っていることに紗枝は気づいていた。

「あ、そうだ！」

懸命に明るくふるまいながら、紗枝は席の脇に置いた鞄から、綺麗に包装された袋を取り出すと、康平に向かって差し出した。

「これ、クリスマスプレゼント」

「……ああ、ありがとう」

「開けてみて」

うんと返事はしたものの、康平はプレゼントを膝の上に置いたまま開けようともしない。

紗枝が必死で保っていた笑顔もとうとう霧散した。

呟くような口調で紗枝が尋ねる。

「何怒ってるの」

「なんも、怒ってなんかねえよ」

「怒ってるっしょ。さっきからずっと」

　小さく抑えた声だったが、口調は傷つき尖っていた。

「どうしちゃったの、せっかく会えたのに。私は、康平君に会えるのを楽しみにしてたんだよ」

「俺だってそうだべや。俺だって」

　康平の声は店中に響き渡った。一瞬、店内はしんと静まり返る。すぐに周囲の会話は再開されたが、紗枝と康平は周りから自分たちに好奇の視線が注がれているのを感じた。

「出るべ」

　康平は立ちあがると、そのまま出口に向かって歩き出した。紗枝は初め冗談かと思った。しかし、康平の背中は店の外に消えて行く。紗枝は慌てて荷物をかき集め、出口に向かった。キャンセルさせてほしいと伝えると、店員はあからさまに面白くない顔をした。

　紗枝は深々と頭を下げて謝ると、店の外に飛び出した。

　店の前の道をきょろきょろと見回す。遠くに康平の背中が点のように見えた。紗枝は必死に康平の背中を追って走り出した。しかし、クリスマスに浮かれ騒ぐ人たちに阻まれ、その距離は一向に縮まらない。

康平は肩をいからせて、この道がどこに続くかもはっきりとは分からず、ひたすらまっすぐに歩いていた。人とぶつかっても謝るどころか、反応すらしない。あえて人にぶつかろうとしているようにさえ見えた。

康平のクーラーボックスがすれ違うカップルにぶつかった。やはり無表情に行き過ぎようとした康平に、カップルの男は食ってかかった。明らかに後ろに控えた女の目を意識した行動だった。

「痛《い》てえな。ぶつかっといて謝りもしねえのか。ふざけんなよ」

男は康平をいきなり殴りつけると、肩からクーラーボックスを奪い、力任せに投げ捨てた。クーラーボックスは歩道の端まで転がりながら、中身をまき散らす。道中に海産物が散乱した。

もう行こうと腕を引く女を振り切り、男はホタテをつまみあげ、放り捨てた。

「なんだこれ」

男は大げさに手の臭いを嗅《か》いで、顔をしかめる。

次の瞬間、康平の中で何かがプツリと切れた。

突然、康平は大声で叫びながら男につかみかかった。怒気どころか殺気さえ感じさせる、凶暴な目の光に男は一瞬たじろいだ。しかし、男もすぐに康平につかみかかった。

康平の方が力は強かったが男の方が喧嘩慣れしていた。男のこぶしが康平の顔面に何度も叩きこまれる。康平の鼻から血が噴き出し、黒っぽいコートをさらに色濃く染めた。

紗枝がようやく追いついた時、康平たちの喧嘩は益々《ますます》白熱し、周りを野次馬たちがとり囲んでいた。

康平は馬乗りになって男を殴りつけ、男も下から懸命に殴り返す。

その光景に足がすくんだ。暴力に対する純粋な恐怖だった。

結局、喧嘩を収めたのは、目の前にあるバーのオーナーだった。

「いい加減にしてくれ。今日はかきいれ時だっていうのに、うちの入り口ふさぐような真似《まね》するな。とっととやめないと、警察を呼ぶからな」

警察という言葉の効果はてきめんだった。康平と男は睨みあいながらも互いから手を離した。

女と共に男が去ると、遠巻きにしていた野次馬たちも散り散りになっていった。康平は黙って、通行人たちに踏まれそうになっているホタテや蟹をひとつひとつ拾い上げる。それを見た紗枝も一緒になって、拾い集めた。

全てを拾い集める頃には、康平の鼻血も止まりかけていた。しかし、血は顔を汚し、口の端も切れている。

あまりに痛々しい形相《ぎょうそう》だった。これ以上人目を集めたくなくて、紗枝はタクシーで家まで帰ることを決めた。

運転中、タクシーの運転手がバックミラーを使って、ちらりちらりと視線を向けてくる。重く黙り込んでいる二人を逃亡中の凶悪犯とでも思ったのかもしれなかった。

アパートに到着すると、紗枝は素早く鍵を開けた。

「入って」

康平はかすかに頷いた。しかし、靴を脱いで部屋に上がったところで、所在なく立ちつくす。

狭いけれど、小綺麗に整った部屋だった。

部屋の真ん中にあるテーブルの上に、小さなクリスマスツリーが飾られている。康平は思わずすっと目を逸らした。

紗枝はタオルを濡らし、康平の顔を優しく拭《ぬぐ》った。

「顔拭《ふ》いてて。消毒薬探してくる」

タオルを康平に握らせる。康平は棒立ちのままだ。

そっと溜息をついて、紗枝は部屋の奥に向かおうとした。その時、不意に康平の腕が伸び、紗枝を抱き寄せた。まるで救命具にでもすがりつくかのように、必死で紗枝の背中に腕を回す。

「怪我、消毒しないと……」

康平は答えない。紗枝はやんわりと康平を押した。

康平は手を緩めなかった。紗枝の肩に顔を埋める。紗枝の首筋に康平のあたたかく湿った息がかかった。

康平の体温がじわりと伝わってくる。紗枝は体の力を抜いた。

「……紗枝」

絞り出すように康平は言った。

「会いたかった。すっげえ、会いたかった」

康平が顔を上げた。泣きだす寸前の子どものような目。息が混じり合うほどの距離で、紗枝は康平の視線を受け止める。

そして、そっと自分から唇を重ねた。

触れるようなキスはたちまち深くなった。康平は怖いほどのひたむきさで唇をあわせる。

紗枝はそのひたむきさを怖いとは思わなかった。康平にぴたりと寄り添いながら、自分にぶつけられる全てを受け止め、自分の中の全てで応えた。

カーテンを通して、うっすらと光が差し込んでいる。

ゆっくりと目を開くと、康平の姿がなかった。

「康平君？」

康平はテーブルの上で何やら作業に没頭していた。

「起こした？」

振り返って康平が尋ねる。その表情があまりにも優しく、柔らかくて、紗枝は思わず顔を赤らめた。

「ううん」

パジャマに上着をはおりながら、紗枝がのぞきこむとテーブルの上には小さな船の模型が置いてあった。素朴だけれど、丁寧に作られた美しい船だった。

「ちょっと、ぶつけて壊れちまって。……紗枝が目を覚ます前に直そうと思ったんだけど」

傷つかないよう緩衝材で丁寧に包んで箱に入れた船は、昨日、喧嘩を仕掛けてきた男に叩き落とされ少し破損していた。

「俺がいつか乗ってみたい船なんだ」

「私に？」

康平は照れくさそうに少し笑った。

「クリスマスプレゼント、どうしようかって考えたんだけど、東京にはなんでもあるべ。したから、何がいいか分からなくて」

康平は手にしていたものを、ボンドで船の甲板部分に慎重に貼り付ける。

船の甲板には少し不格好な旗がはためいていた。

「ガンバレ紗枝」

旗に描かれた康平の世にも汚い文字。

紗枝の脳裏に三月の旅立ちの日が鮮やかに蘇った。

紗枝の目から涙がほろりと零《こぼ》れ落ち、頬を伝う。

「どうしたの？」

驚く康平に、紗枝は涙を流しながら、微笑んだ。

「よく分からない。だけど……なんだか、すごく嬉しくて。ありがとう、康平君」

その言葉に、康平は会えなかった全ての時間が報われたように感じた。

「私たち、大丈夫だよね」

紗枝は康平の目を見上げた。

「離れていても大丈夫だよね」

康平は紗枝の肩をぐっと抱き寄せた。

「俺の気持ちは変わらない。絶対、一生、変わらないから」

紗枝は真剣な顔で頷いた。

絶対とか一生とか、そういう強い言葉を、紗枝は苦手なはずだった。しかし、康平が口にする真摯《しんし》な言葉は力強い響きで、紗枝の心をまっすぐに捉えた。

その日から、二人の絆《きずな》は強まり、深まった。それぞれに仕事や大学、アルバイトに時間を取られ、実際に会える時間はもちろん、電話や手紙で連絡する機会も減ったけれど、揺らがない何かが二人の間に生まれていた。


大学の課題、バイト、サークル。目の前のことをこなしていくだけで、あっという間に時間は過ぎた。紗枝は大学二年生の専攻選択の際、英米文学を選んだ。自分が望んでいたはずの英語漬けの日々だったが、紗枝は違和感を覚えた。

自分が望んでいたのは、ディケンズやサリンジャーを原文で読み、分析することだったのだろうか。

自分は何を望み、何をしたいのか。大学四年生になっても就職が決まらない紗枝にとってその疑問は毎日自分に問いかけるものとなった。

英語に関係した仕事をしたいのは、多分、確かだ。そんな矛盾したことを思いながら、紗枝はとりあえず片っ端から英語に関係する会社を受けた。商社、外資系企業、翻訳の本を主に扱う出版社、英会話教室を経営する会社。紗枝がエントリーシートを送った会社は百を超えた。

しかし、就職氷河期といわれるこの時代に内定は簡単には取れなかった。試験や一次面接はある程度通るのだが、どうしても最終面接を通過することができなかった。

理由は様々だった。単純に面接でうまくアピールできなかったこともあれば、「そんなに英語が好きなら、留学した方がいいんじゃない」と言われて落とされたこともあった。

就職活動は想像以上に過酷なものだった。どの会社の面接官も、紗枝に将来の夢を尋ねた。しかし、英語を使うことで、もっと世界を見たい、知りたいと彼女が熱心に語れば語るほど、面接官の表情は冷やかになった。自分が将来どうしたいかなどこの人たちはまったく関心がないのだ。紗枝は次第に悟るようになった。求められているのは、その会社のパーツになって、具体的に役に立つ気があるかの証明だった。

英語という点でしか会社と結びつかない個人的な夢を高らかに語る紗枝がアピールできるはずもなかった。落ちる度に、紗枝は自分が価値のない人間だと言われたような気持ちになった。面接を重ねるごとに、紗枝はどんどん自信を失い、委縮していった。悪循環だった。

それでも、紗枝はすり切れそうなカセットテープのように、同じような志望動機を繰り返し、夢を語った。

そうした苦しさを、紗枝は康平にあまり話していなかった。もちろん、いくつも面接に落ちたとか、大変な状況は伝えていたけれど、心の底に淀《よど》む苦い気持ちは打ち明けてはいなかった。うまく説明できるとは思えなかったし、康平に「分かるよ」と言われても、「分からない」と言われても、自分が傷つくような気がした。

それに、康平と話す時ぐらい、就職活動の悩みと切り離されていたい、という気持ちもあった。康平ととりとめもないことを電話で話す時間が、紗枝には本当に大切だった。

夏が過ぎても、紗枝の就職は決まらなかった。紗枝は少しくたびれつつある紺のスーツを着て、汗をぬぐいながら、試験に、面接にと駆けまわった。

九月に入ると、紗枝の表情には焦燥感が滲みだした。そんな紗枝の焦りが伝わった結果なのか、たまたま運が悪いのか、紗枝は厳しく、威圧的な面接官にばかりあたった。

「君、四年生だよね。この時期にまだ内定の一つも取れてないの？」

英語教材を扱う会社で、三人の面接官を前に紗枝は、こわばる顔を笑顔に保とうと必死だった。

「はい。ですが、是非、御社で働かせていただければと……」

別の面接官が紗枝の言葉を遮った。

「エントリーシートに、将来は海外で英語を活かした仕事をしたいとあるけど」

「はい。私は高校生の頃から英語が好きで、是非それを活かした仕事ができればと思い、御社の仕事に興味を持ちました」

面接官は手にしていた紗枝のエントリーシートをぽんと机に放った。

「あのねえ、何か勘違いしてるんじゃないかなあ。会社は君の夢をかなえる舞台じゃないんだよ。僕らはね、会社で君が何をしたいかなんて、興味ないの。君が会社に対して何ができるかって聞いてるの」

紗枝は瞬《まばた》きをして、うっすら浮かびかけた涙を散らした。

「申し訳ありません。何ができるかということですが、得意の英語を活かし、新たな教材の開発に貢献できれば、と」

「ただ英語が得意な人なら、こっちは帰国子女をとればいいわけで、それだけじゃ困るんだよね。そんなことより、営業として教材をばんばん売ってくれるような、タフな人がほしいわけ。こんなことちょっと言われただけで、涙目になるようじゃ、どうかな」

紗枝は自分の心が折れる音を聞いた。

紗枝は会社を出て、とぼとぼと有楽町駅に向かった。まだまだ夏らしい太陽の光にさらされ、紗枝はスーツの下にじっとりと汗がにじむのを感じた。

　立ち止まって汗をふく。

　これからどうしよう、と思った。

　歩き出そうとした途端、遠くから紗枝を呼ぶ声がした。

「おーい、紗枝。久しぶり」

　辺りを見回すと、通りの向かいに、北見がにこにこ笑いながら、大きく手を振っていた。

紗枝は急いで通りを渡り、駆け寄る。

「先輩、お久しぶりです」

　紗枝が北見と会うのはほぼ一年ぶりだった。北見は二年前にようやく大学を卒業し、カメラマンとして仕事を始めていた。北見が働き出したばかりの頃には、時々食事をしては、仕事の話を聞いたりしたが、次第に北見も忙しくなり疎遠になっていた。

「どこかに行って来たんですか？」

　北見の足元にある、ぼろぼろのスーツケースを見て紗枝が尋ねた。

「いや、これから行くところ」

「海外ですか」

「しばらくニューヨークの知り合いのところに居候しながら、写真撮ろうと思ってさ」

「そうなんだ……すごいですね」

心からの感嘆を述べたはずなのに、その言葉はどこか恨みがましく響いた。

北見も電車に乗ると言うので、二人は一緒に駅に入った。

電車が来るのを、ホームのベンチで待っていると、さあさあという微かな音と共に雨が降り出し、線路を濡らした。

「先輩、私もうダメかもしれない」

紗枝はしみのような雨の跡を見つめながら、ぽつりとつぶやいた。

「去年の春からずっと就職活動してるのに、どこにも引っかからないんです。東京にはこんなにたくさん会社があるのに、どこにも。私、何のために母に苦労をかけてまで、大学へ来たのか分からない」

誰にも言えずに心につかえていたものが、どっとあふれでた。

今にも泣き出しそうな紗枝の横で、北見はふっと笑った。

「何のために東京にいるのか、か」

「なんで笑うんですか」

紗枝が泣きそうになりながら言った。

「だってお前、肩に力入りすぎ」

いつもの笑顔を浮かべ、さらりとした口調で北見が言う。

「東京で会社に入るだけが人生じゃないだろ。一番やりたいことは何か。もっと楽に考えてみればいいじゃねえか」

北見は紗枝の頭をぽんぽんと優しく叩いた。じわりと視界が歪む。

北見が乗る電車がホームに入ってきた。

「じゃ、俺、行くわ。頑張れよ」

北見はスーツケースを手に電車に乗り込んだ。

走り去る電車の中から、ピースサインを送る北見に立ちあがって手を振る。

電車が見えなくなると、紗枝はまたベンチに座り込んだ。

雨は勢いを増している。さあさあという雨の音はまるで彼女をすっぽりと包みこむようだった。


漁港の近くの電話ボックスで、康平は何度も受話器を持ちあげては戻す、ということを繰り返していた。

時計はもう夜中の十二時を回っている。

康平は受話器を取って、呼吸を整えると、今度こそ電話番号を押した。

コール音だけが響く。電話を切った方がいいのか、康平が迷いだした頃、小さく紗枝の声が届いた。

「……はい」

「もしもし、紗枝。起きてた？」

「康平君。どうしたの？」

「ちょっと紗枝の声が聞きたくなって」

「珍しい」

紗枝が微笑むのが気配で分かった。

「あ、そうだ。会社どうだった？」

「またふられた」

「そっか厳しいな」

「うん……厳しい」

「そっか」

長い間があった。波の音まで紗枝に届くのではないかと思えるほど、しんとした長い沈黙が広がった。

「どうしたの、康平君。何か話？」

「紗枝……俺……」

言いかけて、康平は言葉を詰まらせた。喉を何か重くてべっとりとした塊がふさいでいるようだった。

その塊を飲み下し、康平は言葉を続けた。

「漁師、やめようかと思う」

紗枝が息を飲む。

康平はこみ上げてきた感情を抑え込む。声はかすかにかすれた。

「昨夜、親父に言われたんだ。康永丸を手放すって」

康平の脳裏に昨夜の、健二郎の姿が浮かんでいた。健二郎は康平を呼び、「すまねえ」と突然告げた。ほとんど謝ることをしない父が、初めて康平に対し、床に手をついて頭を下げたのだ。

「ここ数年、うちが苦しいのは分かってたんだ。俺が家を継ぐって決めた時、親父、漁協から無理して金借りて、船買い換えて。その借金が膨らんで、どうにもならないらしい。親父は船売って、借金返しながら細々とでも漁師続けるって言ってる。でも、俺……」

康平は言葉を切った。

「紗枝。俺、そっちに行っちゃダメか？」

康平は昨夜から考え続けてきた言葉を、紗枝にぶつけた。

「そっちで、新しい仕事も見つける。紗枝には迷惑をかけない。俺、紗枝と一緒に暮らしたい。紗枝と一緒にいたい」

必死で連ねた言葉に対して返ってきたのは、重い沈黙だった。

紗枝の表情が見えないのがもどかしい。

康平はじっと紗枝の言葉を待った。

「そんな大事なこと……すぐには答えられない」

紗枝は戸惑いを隠せなかった。

自分と康平は恋人であると同時に、東京と北海道、それぞれの場所で精いっぱい目の前の現実と戦っている同士だと思っていた。

故郷の海では康平が頑張っている。

そう思えたからこそ、自分も歯を食いしばって、面接に挑んできたのだ。

それが、突然、東京で一緒に暮らしたいと言う。

その提案は、紗枝にとってあまりに思いがけず、どっしりと重かった。

紗枝は混乱したまま、小さな声で繰り返した。

「答えられないよ」

康平の頭は再び真っ白になった。何も言うべき言葉が見つからない。

そのうち沈黙は、耳障りなピーピーという機械音に変わった。追加のコインを投入するのを忘れていたのだ。

再び電話をする気力もなく、康平は電話ボックスの壁にもたれ、そのままその場に立ちつくした。


康平は東京に行くことを、半ば勝手に決めた。いきなり一緒に暮らすことはできなくても、紗枝の近くに部屋を借りればいいと思った。

東京に行こうと思う。

康永丸最後の漁の前の晩、康平は洋を飲みに誘い、そう打ち明けた。

洋は最初本気に取らなかった。しかし、漁師を辞めて、仕事を探すつもりでいることまで説明すると、顔色が一変した。

「お前、この村捨てんのかよ！」

康平は黙って焼酎をあおる。洋はそのグラスを強引にもぎ取った。

「なあ。一緒に一人前になろうって言ったじゃねえか。そんなに東京がいいのかよ。お前は紗枝ちゃんさえいればいいのかもしれねえけどな、親父さんはどうすんだ」

「お前に俺の気持ちが分かるか！」

康平はかっとなって、洋の襟元をつかみ上げた。悪いか、と思った。

漁師になりたい気持ちに嘘などあるはずはない。父を助け一人前の漁師になりやがては家を継ぐことが夢だった。しかし、もう乗るべき船はないのだ。康永丸はもうないのだ。だったら、違う人生、紗枝と一緒の人生をいま、選ぶことはそんなに悪いことだろうか。

現実から逃げようとしている自分の弱さを洋に見透かされたようで、康平は怒りを洋にぶつけた。二人の間に置かれていたグラスが倒れ、料理が酒に浸る。

「お前の気持ちなんて、分からねえ。でもな、船がなくなるからってなんだ。命取られるわけじゃねえんだ。これから漁でコツコツ貯めて、いつか自分の船を持てばいいじゃねえか。俺は康永丸がなくなったって、船に乗る」

洋は康平を睨みつけながら、怒鳴った。

康平はゆっくり洋から手を離す。そして、荷物をつかむと、千円札を数枚、テーブルに叩きつけ、席を立った。

肩に手をかけてひきとめた洋の顔を振り向きざまに殴りつける。一瞬よろけた洋はすぐさま体勢を整え、殴り返した。

康平は近くのテーブル席まで吹き飛んだ。心配して駆け寄ってきた店員を押しのけて、のろのろと身を起こすと、康平はそのまま逃げるように店から出た。

翌日、康永丸にとって最後となる大事な漁だというのに、康平と洋は険悪な雰囲気のままだった。

二人は黙ったまま、出港の準備を整えた。

秋鮭の漁は夜から始まる。

月が綺麗な夜だった。康永丸は照明を灯《とも》し、定置網に向かって出発した。

いつもは陽気で騒がしい船員たちも、みな一様に黙り込み、ドラム缶に炭をおこしたストーブにじっとあたっている。

康平は一緒になって火にあたっていたが、立ち上がり、健二郎のいる操舵室《そうだしつ》に向かった。

その日の朝早く見た光景が気になっていた。康永丸の上で、健二郎が惜しげもなく酒を振りまいていたのだ。船を清めようとしているようにも、最後の航海前に酒を酌み交わしているようにも見えた。

その船と人のやりとりには、割って入れないような厳粛な雰囲気があった。

操舵室で、健二郎はピンと背筋を伸ばし、舵《かじ》を取っていた。

この船を手放すということは、もうこの見なれた光景は見られなくなるということだ。

康平は健二郎の横に並んだ。健二郎と同じ海が見たかった。

「康平」

健二郎がまっすぐ前を見つめたまま、ゆっくりと口を開いた。

「お前が水産高校へ行くって言い出した時、俺が反対したの覚えてるか？」

「……ああ、覚えてる。まさか、反対されるとは思わなかった」

康平はその日のことを鮮明に覚えていた。親父が喜ぶだろうと進路を伝えたのに、「何も今すぐ漁師になると決めなくていい。他の道もあるんじゃないか」と父はその時確かに言ったのだ。

「お前が漁師を継ぐと言ってくれた時、俺は本当に嬉しかった。けど、いつかこういう日が来るのも分かってた。分かってて……無理をした。全部俺の責任だ。康平、漁師だけが仕事じゃねえ。お前は、お前の道を行け」

そう告げた健二郎の目は凪いだ海のように静かだった。

東京に行くことを決めているはずなのに康平は、健二郎の言葉に複雑な気持ちになった。心のどこかで、どうしても漁師として生きてほしいと言われたかったのかもしれない。

ストーブを囲む仲間たちの輪に戻りながら、康平はぼんやりと思った。

沖に進むにつれて、雲が濃くなってきた。綺麗だった月もいつの間にか姿を隠している。

「ひと雨きそうだな」

年配の漁師がぶるっと身ぶるいして、呟いた。

その漁師の言うとおり、じきに激しい雨が降り始めた。視界がきかないほどの雨の中、定置網の仕掛けてある漁場にたどりついた船では、鮭の引き上げが始まっていた。

雨に滑りそうな手で、しっかりと網をたぐっていく。網からはずっしりとした手ごたえが伝わってくる。次第に、銀色に輝く鮭がその姿を現した。みっしりと網の中いっぱいに詰まった鮭の銀色の鱗《うろこ》がきらきらと光る。

その数、数百匹もの鮭との格闘は数時間にも及んだ。

康平は洋と並んで網をつかんでいた。鮭を前に、もう互いのわだかまりも忘れていた。

漁が順調に進んでいた矢先、突然、船が大きく揺れた。鮭をすくう網をつり上げていたワイヤーが切れたのだ。漁師たちは一斉に甲板に投げ出された。康平も踏ん張り切れず、甲板に倒れ込む。

立ち上がろうともがいていると、雨のカーテンの向こうから、くぐもった叫び声が届いた。

「おい、誰か、来てくれ！　船頭が！」

心臓を強打されたような衝撃が走った。

康平は激しい風と雨の中、這《は》うように声の方へと進んだ。

「親父さん、大丈夫か、親父さん！」

口々に叫ぶ漁師たちの声が聞こえる。

よろける足でやっと船尾にたどりつくと、そこには蒼白な顔の健二郎が倒れていた。

「息が止まってる。心臓の音もしねえ」

健二郎の胸に耳をあてていた男が切羽詰まった声で告げた。

「誰か、人工呼吸手伝ってくれ。洋は毛布持ってこい！　あと、誰か、漁協に連絡！　網戻してくれ」

矢継ぎ早に指示を飛ばすと、男は凍りついたように立ちつくす康平に向かって叫んだ。

「康平、手貸せ！　ぐずぐずすんな！」

しかし、康平は一歩も動けなかった。全身が瘧《おこり》にかかったように震えている。

「親父……親父……」

何もできないまま、呆然と康平は呟く。

まだ震えは止まらない。

網を戻した船は、激しい雨風の中、少しでも早く港に戻ろうと速度を上げた。

その周りを白いカモメの群れが飛ぶ。

まるで、船を先導するかのようだった。

港には連絡を受けた救急車がスタンバイしていた。健二郎はすぐに病院に運ばれ、処置を受けたが、夜が明けるころに、その死亡が家族に伝えられた。

心臓発作でほぼ即死に近い状態だったと医師は言った。

「多分苦しまれることはなかったと思います」

いつかその言葉が救いになることがあるのかもしれない。しかし、今の康平にとっては苦い思いを募らせるだけだった。

病院で康平は、健二郎の心臓が悪い状態だったことを知った。健二郎は家族全員に自分の病状の深刻さを伏せていたのだ。

船の借金を返すためには、自分が休んでなどいられない。そんな理由で健二郎は家族に黙って無理を通したのだ。

苦しみから解放された健二郎は柔らかく穏やかな表情をしているように見えた。

母と妹が父の冷たい頰をそっとさすっては泣き崩れる。その横で康平はその様子を虚《うつ》ろな表情で眺めていた。

まだ彼は一度も涙を流していなかった。感情を伝える回路が焼き切れたように、心は何も感じることができず目の前の出来事は、どこか他人ごとのようだった。

葬儀を終え、康平はひとり家を抜け出した。無意識のうちに、灯台に向かっていた。

親父に殴られては逃げ込んだこの場所で、康平は膝を抱えて海を眺めた。

海は数日前の時化《しけ》が嘘のように穏やかだった。

康平は身じろぎもせず海をじっと眺め続けた。

「やっぱりここだったか」

顔を上げると、洋が立っていた。

「これだけ届けに来た。昨日からなんも食ってねえべ」

それだけ言って、ラップに包んだ握り飯を康平の横に置くと、洋はすぐに姿を消した。

しばらくして、康平は残された握り飯を手に取った。食欲は全くない。しかし、それでも無理に口に入れた。

一口食べた瞬間、康平はそれが母の握ったものだとすぐに分かった。

それから、どれくらいの時間が経《た》ったのだろうか。康平は電話の受話器を取った。

相手が出るのをじっと待ちながら、長電話を許さなかった父のことを思った。電話は用件を伝えるものだ、というのが健二郎の持論だった。一分で済まない話は、昼間改めてするか、直接会ってしろという理屈だった。

「もしもし、紗枝」

康平の声に紗枝は息を飲んだ。

「康平君……大丈夫？　みなみから康平君のお父さんのこと聞いて」

「今日、葬儀が終わった」

康平はぐるりと部屋を見渡した。いたるところに健二郎の気配があった。朝も夜も欠かさず線香をあげていた仏壇。手を合わせる健二郎の少し丸めた背中がありありと目に浮かんだ。

「俺、罰《ばち》があたったのかな」

康平はぽつりと言った。

「俺が、漁師なんて辞めるって言ったから。海を離れるなんて言ったから。それで親父が……」

突然、康平の目からどっと涙があふれた。激しくしゃくりあげ、言葉も出なかった。

電話から微かに聞こえる嗚咽《おえつ》を聞きながら、紗枝は、相手を抱きしめることもできない距離を前に無力感に打ちのめされていた。

「康平君……」

康平は涙で顔をくしゃくしゃにしながら、必死に嗚咽を堪えた。

「俺、やっぱり東京へは行けない。家を捨てて……東京へは……」

紗枝は重く黙り込んだ。それぞれの道が少しずつ離れつつあることには、うっすらと気づいていた。それでも、互いが好きなのだから、なんとか一緒になる道を見つけることはできる。そう思おうとしてきた。

しかし、今、紗枝は二人が確実に別々の道を歩み始めたことを静かに感じていた。そして気づいた。私は漁師をしている康平君が好きなのだ。海を前に必死に闘う彼が。

紗枝はゆっくりと口を開いた。

「康平君は、海を離れたりしちゃダメだよ」

紗枝の声が静かに康平の耳に届いた。

「そうだよな。初めから紗枝の未来に俺、いなかったもんな」

康平の声には疲れと諦め、そして強い悲しみがこめられていた。

紗枝は何も言えなかった。声を押し殺し、紗枝は静かに泣いた。

「紗枝はちゃんと自分の夢、叶えろよ」

紗枝の目が、窓際に飾られた康平丸の模型を捉えた。康平にとっての夢である船。そこに描かれた、自分への応援の言葉。

「ガンバレ紗枝」

その言葉は次第に涙でかすみ、見えなくなった。

康平は最後に「さよなら」と言って電話を切った。

いつもの「じゃあ」でも「また」でもない、別れの言葉が紗枝の心に深く突き刺さる。その言葉の重さは、口にした康平をも打ちのめした。

二人は、それぞれの場所で、ひとり、声を上げて泣いた。

ハナミズキ　1983

カナダで紗枝は一歳の誕生日を迎えた。

記念すべきその最初の誕生日に、圭一の姿はなかった。

紗枝が生まれた当初こそ、べったりとつきっきりで世話を焼いていた圭一だったが、それから一月《ひとつき》も経つと、そわそわとし始め、「ちょっと、撮影に行く」とだけ言い残し、姿を消してしまった。

あの人の言うことは、本当にあてにならない。

紗枝が生まれて一度は圭一も変わるかと思っただけに、良子の落胆は大きかった。圭一の不在のこともよく分からず、無邪気に笑う紗枝の笑顔に良子は胸が痛んだ。

この子は父親を知らずに育つのだろうか。

そんな絶望的な気持ちに襲われそうになりながら、それでも良子は圭一の留守を守り、ひたすらに帰りを待った。

しかし、紗枝の誕生日を数カ月も過ぎると、良子は帰国を考えざるを得なくなった。まず問題になったのは、ビザだった。何の下調べも計画もなく、カナダに渡った良子は観光ビザで滞在していた。観光ビザの期限は半年。良子は圭一の指示に従って、アメリカに出国し、再びカナダに入国するという形で、なんとか観光ビザのままだましだまし滞在していた。しかし、あまりに不自然な出入国は全てパスポートに刻まれている。最後に良子がカナダに入国した際、パスポートをチェックした係官は「これ以上はやめた方がいい」と忠告した。

「二度とカナダに来られなくなるかもしれないよ」

良子はどうしていいか分からなくなった。就労ビザや就学ビザといったものの知識もなかった。相談できる人もいなかった。

不法滞在者としてこの国に居続けるべきなのか。

一瞬そこまで思いつめたが、娘を巻き込むことを考えると、そんな乱暴な方法は取れなかった。

そして、そのうち今度はお金が尽きた。当初から、圭一の稼ぎや仕送りなど当てにしていなかった良子は、質素な生活を徹底し、貯金を少しずつ切り崩して生活していたのだが、とうとうそれが底をついた。

良子はそんな状況になっても、しばらくぐずぐずと迷っていた。圭一に何も告げず、この地を去ることにためらいがあった。二度と圭一に会えなくなるのではないか、という恐れがあった。

しかし、状況は切羽詰まっていった。溜まりに溜まった家賃を支払える可能性はゼロに等しかった。大家のおばさんは紗枝が生まれて以来、良子たちに同情的で、家賃なども便宜を図ってくれたけれど、親切にされればされるほど、家賃を滞納して迷惑をかけていることが心苦しかった。

ついに良子は実家に電話をした。家を黙って飛び出してからの初めての連絡だった。電話に出た母は良子の声に少し泣いた後は多くを聞かず、まとまった額の金を即座に口座に振り込んでくれた。良子はその金で家賃を払い、日本への航空券を買った。

部屋を引き払う際、良子は大家のおばさんに圭一への伝言を頼んだ。良子の英語はまだ日常会話レベルというのも怪しいほどだったが、圭一への手紙を差し出し、単語とジェスチャーで伝えると、おばさんは任せなさいというように胸をどんと叩いた。

「あなたと紗枝がいなくなると寂しいわ。いつでも、ここに帰ってきなさいね」

そう言うとおばさんは良子をぎゅっと抱きしめた。良子は抱擁を返しながら、自分が英語をしゃべれないままであることに歯がゆさを覚えた。自分の中の思いを伝える術《すべ》がない。良子は何度も何度も、「サンキュー、サンキュー」と繰り返すことしかできなかった。

日本に帰ると、良子は他に行く当てもなく、実家に向かった。紗枝を抱え、意地を張っている余裕などなかった。

帰って来た良子を、父は勘当だと突っぱねたが、母はそれに泣きながら反抗した。

「もういいでないの。もう良子にもその子どもにも会えなくなるのは嫌だ」

母の泣き顔に毒気を抜かれたようになった父は、何も言わず自室に下がった。やはり許してはくれないのか、と落ちこむ良子に、母は首を横に振った。

「とっくに、父さんは許してるよ。でも、良子も知ってるっしょ、意地っ張りな人だから。父さんね、あんたがいない間、毎日、仏壇に手を合わせては熱心にお願いしてたんだよ。あれはあんたのことをご先祖様にお願いしてたんじゃないかねえ」

良子は仏壇を見た。新鮮な花が手向《たむ》けられ、まだ燃え尽きていない線香も立てられている。

良子は今さらながら自分がどんなに親に対し、心配をかけてきたのかを知った。

「母さん、ごめんね」

「なんも。良子が幸せなら、私も父さんもいいんだから」

母は良子の手から、紗枝を抱き取り、柔らかい頬に頬ずりする。紗枝は辺りを明るく照らすような笑みを浮かべた。

「何て可愛いい子なんだろう」

良子はもう圭一のことで悔やんだり、後ろを振り返ったりするのをやめようと自分に誓った。

それから、良子は看護婦の仕事を探した。資格があってこれほどよかったと思ったことはない。良子は病院で働きだし、給料が入るとすぐに、母にお金を返した。母はまだいいと受け取らなかったが、良子はどうしても受け取ってほしいと言い張った。これは良子にとってのケジメだったのだ。

それから良子はコツコツと働き、金を貯め、家を出た。

母はせっかく戻ってきたのに、また出て行くことはないと引きとめたが、これ以上、父と生活するのは難しいと良子は決意を固めていた。

良子の無事を祈っていたという父は、改めて生活してみると、なるほど、良子がそれまで思っていたような、血も涙もないような存在ではなかった。しかし、頑固で独善的な考え方の父は、やはり頑固な良子といたる場面で激しく衝突した。

距離を置いた方がお互い穏やかに過ごせるし、何より、父を嫌いにならずにすむ。

その良子の判断は間違っていなかった。

離れて暮らしてみると、父はぐっと過ごしやすい相手になった。帰り際に、一言忠告めいたことを言うのも、たまのことだと思えば素直に聞けた。

良子の借りた家は広い庭がある一軒家だった。駅までかなり時間がかかる不便な物件だったが、良子は一目ぼれで、決めてしまった。

北海道の真っ青な空に映える白い壁もさわやかだったたし、風が気持ちよく吹き抜けるような構造も気に入った。

その美点は冬にはそのまま欠点となった。白い壁は冬には寒々しく、どんなに戸締りしても忍びこんでくる空気は冷たかった。

しかし、そんな冬の顔を知ってもなお、良子の家に対する愛情は揺らがなかった。逆に手がかかればかかるほど、自分の家だという愛着がわいた。花を植え、家具を揃えて、良子は少しずつ、家を自分と紗枝にとって居心地のいい場所に変えていった。

良子が病院で働いている間、紗枝は母が実家で預かることになった。最初は保育園なども探したのだが、母の方から、紗枝と一緒にいたいからと申し出があったのだ。

母は良子が帰る時間に紗枝を車に乗せ、家まで送ってくれる。仕事で疲れ切った良子にとって、母が家の明かりを灯し、紗枝と一緒に「おかえり」と出迎えてくれることは何よりも励みになった。

そして、紗枝が五歳になった年の秋のこと。帰宅した良子がドアを開けると、にこにこと微笑む圭一が紗枝の手を引いて立っていた。

「おかえり。遅かったな。紗枝が寂しがってたぞ」

おかえりなどと言えるような立場ではないはずなのに、圭一は当たり前のような笑顔で良子を迎える。

良子は言葉を失った。圭一に会ったら言ってやろうと、責める言葉も恨む言葉もたくさんリストアップしていたはずなのに、圭一の笑顔を見た途端、一瞬で真っ白になった。

そして、混乱したまま、良子は「ただいま」と答えて、ゆっくりと靴を脱いだ。

圭一をこの家に入れたのは、母だった。

良子を探して実家にやってきた圭一を紗枝と一緒に車で送り、この家の鍵まで託して帰って行ったのだ。

結婚前に同居していた時から、圭一にはとことん甘い母だった。

確かに圭一には、大事な鍵まで差し出させてしまうような所がある。

紗枝と一緒に昼寝をする圭一を見ながら良子は思う。

圭一の魅力は、彼のことを覚えていないはずの紗枝さえもたちまち捉えたようだった。どちらかというと人見知りする紗枝がぴったりと圭一に寄り添うようにして、ぐっすり寝入っている。

「まったく、今さら帰ってくるなんてねえ」

五年ぶりに見た圭一の顔は、少しやつれているようにも見えた。

どんな過酷な旅をしていたんだろう。

「紗枝はもう一人でご飯食べられるんだなあ」

三人で食卓を囲みながら、圭一はしみじみと言った。

「それはそうよ。もう五歳になるんだから」

「そうかあ。紗枝が初めて一人で食べるとこ、見たかったなあ」

見ればよかったっしょ。

そんな風な言葉がこみ上げてきて、良子はぐっと飲み込んだ。

この人にそんな恨みがましいことを言ってもしょうがない。

「初めてお前に哺乳瓶でミルクを飲ませたの、お父さんなんだぞ、覚えてるか、紗枝？」

「そんなこと、覚えてるわけないっしょ。生まれたばかりだったんだから」

そうか、と圭一はしゅんとなった。

「覚えてるよ。サエ。ほんとだよ」

ミートボールを突き刺した箸をぎゅっと握りながら、慌てたように、紗枝が言った。

「そうか。ありがとう」

圭一は紗枝の頭をそっと撫でた。良子はあえてそのやさしい嘘を訂正しなかった。

紗枝を寝かしつけると、良子は改めて圭一と向き合い、帰ってきた事情を尋ねた。とにかく圭一の話を聞いて、それから、今後どうするのかを改めて話し合おうと思った。なんとなく、ずるずるよりを戻すのは、紗枝のためにもならないと思った。

「急に帰ってくるなんて、一体、どうしたの？」

「俺、もうすぐ死んじゃうかもしれないんだ」

性質《たち》の悪い冗談だと思った。バカなことを言うなと叱りつけようと思った。

しかし、圭一は迷子のような顔でうつむいている。

「冗談なんでしょ。ねえ、冗談でしょう」

「……ガンだって」

末期の肝臓癌だった。もう膵臓《すいぞう》などにも転移していて、手の施しようがないらしい、と圭一は言った。

圭一の目からぽろりと大粒の涙が零れ落ちた。

「あれ、俺、今、泣いてる？　どうしたんだろう」

不思議そうに呟く圭一を良子は抱きしめた。良子の目からも涙が零れ落ち、圭一の背中を濡らした。

もう良子に圭一と別れるという選択肢はなかった。

この人が苦しくないように手を差し伸べてあげたいという、出会った時の気持ちがあるだけだった。


良子はすぐに自分の勤める病院に圭一を連れて行き、改めて徹底的に検査をさせた。何かの間違いであってほしい。だが、祈るような良子の思いは裏切られた。圭一の病状は思った以上に悪かったのだ。

もう手術でも投薬でも治せない。

そう宣告された圭一はもう泣かなかった。青ざめた良子を気遣ってさえみせた。

そして圭一は痛みを緩和するためにと勧められた入院を断り、家で過ごすことを選んだ。

圭一は自分の残された時間を一秒残らず捧げるように、良子や紗枝との時間を過ごした。共有できなかったこれまでの時間を少しでも取り戻すかのように、圭一は紗枝に、自分が世界中で撮影してきた写真を見せた。

圭一は昼寝をする紗枝の横で一緒になって横になり、一枚一枚、写真を見せながら話をした。どんな場所だったのか、どんなものを食べたのか、どんな人に出会ったのか。写真はまったく整理されておらず、時期も国もバラバラだった。ロシアでウォッカをあおっている人たちが写っているかと思えば、南国で銛《もり》を手に魚を獲る人が写っている。その予想のつかないランダムさが、紗枝には面白いようだった。

「いろいろだね。みんな違うね」

紗枝は目を丸くして言った。

「うん、全然違うだろう。僕は世界が見たくて旅をしたんだけど、旅をするほど世界ってね、分からなくなるんだ。あんまり広くて、あんまり違うから。でもね、だから、楽しい。毎日新しいものに出会っても、まだまだ世界には出会っていない新しいものがある。それってすごくわくわくすることなんだ」

「世界って、お父さんの写真に写ってる外国のこと？」

「うん、あれは僕が見てきた世界の一部だよ」

紗枝は突然現れた父親を少しでも理解しようと小さな頭脳を精一杯働かせているようだった。

「じゃあ、しょうがないよね」

やけに大人びた口調で紗枝は言った。

「どういうこと？」

圭一は紗枝と目線を合わせて丁寧に尋ねた。

「だって、世界ってこんなに楽しそうだもん。お父さんだってお家にいるより外国に行って、世界を見たいよね」

紗枝は黒目がちな目で、圭一の写真を一枚一枚真剣な表情で見つめた。

圭一は紗枝をぎゅっと抱き寄せると、そっとおでこを合わせた。

「それは違うよ。ただ、お父さんが分かってなかっただけだ。お家も〝世界〟だってことが。外国もお家もどっちも面白い。なのにね、ずっとお父さんは面白い世界は外にしかないと思いこんでいたんだ」

よく分からない、と言う紗枝に圭一は笑った。

「そりゃそうだ。お父さんもようやく今になって分かったことだからね」


秋も終わりの頃、圭一は紗枝を庭に連れ出した。紗枝に向かって突き出した手には、赤い実がのせられていた。

「これなあに?」

「木の種さ」

そう言って赤い実を紗枝の手のひらに慎重に移すと、圭一はシャベルで庭の土を掘り始めた。少し動いただけなのに、もう息が切れている。

「この種は、ハナミズキって木の種なんだ」

赤い実をつぶすと中から堅い種が姿を現す。圭一はそれを水でよく洗うと、穴に蒔いた。

「ハナミズキってなあに？」

「薄いピンクのね、すごくかわいい花が咲くんだ。生まれたばかりの紗枝のほっぺみたいな色の花なんだ」

「へえ、紗枝、ピンク大好き。いつ花が咲くの」

「そうだなあ。そのためにはまず芽が出なきゃ。種が元気なら芽が出て、いつか花を咲かせてくれるかもしれないぞ」

「いつ？」

「さあ、いつだろうなあ……その頃、紗枝はいくつになってるんだろうなあ」

圭一は紗枝を見つめながら言った。思わずというように、頸《くび》から提げていたカメラを取ってシャッターを切る。紗枝の全ての瞬間を残したかった。

「なあ、紗枝」

「なあに」

「もしもお父さんが遠くへ行っても、お父さんは紗枝のことずっと見守っているからな」

「お父さん、またどこかへ行っちゃうの？」

今にも泣きそうな顔で紗枝が見上げる。圭一は痛みを堪えるような表情で言った。

「紗枝、ごめんな」

そして、冬が来る前に圭一は命を終えた。

三十二歳という若さだった。

ハナミズキ　2001

結局、紗枝は就職先を決められないまま卒業することになった。絶対、ここに就職したいという会社の面接試験は全滅、その後、ここだったら就職してもいいかもしれないという会社も全て内定をもらえなかった。

苦戦しながらも周囲が内定を獲得していくのを見て、英語が活かせる仕事という自分にとっての譲れない第一条件さえも取りはらって、会社を探そうと思ったこともあった。

しかし、それを許さなかったのが、康平との最後の約束だった。

「紗枝はちゃんと自分の夢、叶えろよ」

康平の涙でかすれた苦しそうな声を思い出す度に、紗枝は頑張らなければ、と思った。康平との未来を選ばなかった自分は、夢を叶えなければならないのだと。

しかし、現実問題として、英語を活かした職業というのはなかなか見つからなかった。これはという募集が見つかっても、その仕事は、帰国子女のような、紗枝よりももっと語学力がある人のものになった。

夢をきっぱり諦めることもできず、かといって、夢を叶える場所も見つからない。

足踏みするような状態の中、それでも惰性のように面接を繰り返していた紗枝は、ふと北見の言葉を思い出した。

ぼんやり電車を待っている時だ、ここで北見と話したことを思い出したのだ。

「東京で会社に就職するだけが人生じゃないだろ」

気持ちを楽にしてくれたその北見の言葉は、より切羽詰まった状況の中で、具体的なアドバイスとして紗枝の心に響いた。

そうだ、日本で英語に関係した仕事を探すから難しい。英語圏の国なら、どんな仕事でも英語を使う仕事になるわけだから、選択肢は無限にある。

紗枝は視界が開けた気分だった。

私はそもそも英語が話したいんじゃなくて、英語を使って世界を知りたかったのだ。いつのまに、手段と目的を取り違えていたのだろう。

紗枝は面接に向かうための電車がホームに到着し、またゆっくり走りだすのを動かずに見ていた。そして、電車の姿が見えなくなると、電話を入れて面接をキャンセルした。

その後、紗枝は就職活動をやめた。その代わりに、猛烈な勢いでバイトを増やした。海外に渡る資金を貯めるためだ。期限は一年と決めた。その間に貯めたお金を資金に、とにかく海外に渡る。目的の場所も決めず、紗枝は計画を立てた。

北見に紹介してもらった塾の授業数も増やし、通行量調査のような短期のバイトから、書店の販売員まで、ありとあらゆる時間をバイトに費やした。

そして卒業後は、住む場所もシェアハウスに移した。家賃を安く抑えるためだ。海外からの留学生を含めた様々な人との共同生活にも興味があった。

紗枝は慌ただしいバイトの合間を縫って、シェアハウスの住人たちとの食事会や飲み会に参加した。シェアハウスにはアメリカ、中国、韓国、インドなど様々な国籍の学生が滞在していた。

だいぶ打ち解けたところで、紗枝は住人たちに、働くなら、英語圏のどの国がお薦めかと尋ねた。まだ、どの国に渡るか決めかねていた。

アメリカ人の女性は胸を張ってニューヨークを推した。

「ニューヨークには全てがあるんだから。なんでもよ」

アメリカで働いたことがあると言うインド人の男性もそれに賛同した。

「確かにニューヨークは、ありとあらゆる具材が放り込まれて、どろどろに溶けあったスープのようだ。誰も名前を知らない料理なのに、誰が食べても、どこか懐かしい感じがする。

僕はいろんな国で暮らしたけど、あれほど無造作に受け入れてくれる国はなかったね」

その後もいろんな国が候補に挙がったが、紗枝が惹かれたのはニューヨークだった。

ニューヨークに行きたい。

その思いは、ニューヨークと北海道の緯度がほとんど同じだと知った時、確信に変わった。

私はこの場所ときっと繋がっている。

紗枝は手帳の来年のページに〝ニューヨーク〟と書きこんだ。

その手帳には康平からのメモが挟まっている。

それを、紗枝はまだ捨てることができずにいた。


健二郎が死んでから一度目の春が訪れた。

船を失った康平は、ひとの船を手伝うことでなんとか生計を立てていた。とはいえ、健二郎の残した借金は康平の肩に重くのしかかり、母も妹も必死になって働かなくてはならなかった。

船に乗れない時には海岸で、打ち上げられた昆布を拾う。それだって立派な仕事だと頭では分かっていながら、昆布船に乗りたい、と思わずにはいられなかった。

生活は厳しく、未来はなかなか描けなかった。

紗枝も船も存在しない、黒く塗りつぶされたように見えない未来は、康平の心を荒《すさ》ませた。康平はつぶれるまで酒を飲んだ。そんな康平を、リツ子は辛抱強く叱り、手荒に励まし続けた。

「康ちゃん、もう飲むのやめなって。体に悪いっしょ」

「うるさい。彼女でもないお前に言われる筋合いねえべ」

冷たくあしらわれても、リツ子はめげなかった。

人のものになった康永丸を見かけた夜も、康平は自分の部屋で酒を飲んでいた。

漁師小屋を部屋に改造した建物だった。

船がなくなったことで、漁師小屋に住み込んでいた船員もいなくなり、康平が住むことにしたのだ。

部屋には康永丸の大漁旗が飾られている。船を売る時に引き取ったものだ。いつか必ず船を取り戻すという決意を込めて壁に飾ったのだが、康永丸ではなくなった船の残像がちらつく今夜は、視界の隅にも入れたくなかった。

昆布を陸で一日中拾っているだけじゃ、船なんていつまでたっても買い戻せない。父の代わりに母や妹に楽をさせてやりたい。そう思いながらもできない自分に腹が立った。

漁師小屋の扉が遠慮なく開け放たれる。

洋と保、そしてリツ子が、各々つまみを手に立っていた。落ち込んでいる康平を心配しては三人はよく康平の部屋へやって来た。

「康ちゃん、また空《す》きっ腹で酒飲んでる。ダメって言ったっしょ」

勝手知ったるとばかりにリツ子は台所に向かい、手早く、つまみの準備を進める。

洋と保はどっかりとテーブルを囲んで座った。

「勝手に入ってきて、うちで飲むなっていつも言ってるべ」

だらしなくベッドにもたれながら康平が言う。しかし、洋も保も取り合わなかった。

「お前が寂しがってると思って、俺ら来てやってんのよ。俺なんて、会社からそのまま来てるんだ。ちっとは感謝してもいいんでねえの」

保が早速ビールを開けながら言う。手酌で勝手に康平の焼酎をグラスに注《つ》いでいた洋が頷いた。

「はい、できたよ。とっとと、テーブル片付けてよ。皿、置けないっしょ」

リツ子が両手に皿を持ちながら、ピシャリと言う。洋と保は慌てて、テーブルの上の汚れたグラスを片付けた。

「なにさ、康ちゃん、暗いよ。なして、そんな暗いのよ」

せっかく皆で集まっているのに、康平の暗く沈んだ雰囲気は、その場を重くよどませた。

「別に、そんなことないべ」

「ほっとけ。こいつはよ、いつまでたっても、ネチネチネチネチ、別れた女のことばっか考えててよ」

洋がからかうと、康平は目をぎらつかせて凄んだ。

「別に、そんなことだけ、考えてるわけでねえ」

紗枝のことを思い出さないと言えば、嘘になる。しかしそれ以上に康平には今、一家を支える男としての責任が重くのしかかっていた。

康平と洋の間に立って、まあまあ、というように手を動かすと、保はしたり顔で言った。

「いいか、過去ってのは、切り捨てながら生きてくもんでないか。そうでもしなきゃ、人間、前に進めないべ」

「何だ、お前、偉そうに」

説得力がない、と呆れる洋に、リツ子はさらりと言った。

「保、彼女できたらしいよ」

「また、嘘に決まってんべ」

洋が笑いだすと、保はむきになって言った。

「嘘でねえ。今度はらゃんと告白した。したら向こうも俺のこと好きだって」

「ありえねえ。そんな、誰が好きになるかお前のことなんて」

洋がからかい保がむきになる。そんな無邪気な関係にはもう戻ることのできない自分を、康平は感じていた。何の屈託もなく笑い合える洋と保が康平にはうらやましかった。

そんなやり取りを康平は浮かない顔のまま、ぼんやりと眺めている。

いつも以上に、落ち込んだ様子がリツ子は気がかりだった。

時計が夜中の十二時を回る頃には、みんな深く酔っていた。

「保を送ってってやって」

リツ子は洋に頼んだ。

洋は保を抱えあげながら、リツ子に尋ねた。

「リツ子は、どうすんだ？」

「私は、康ちゃんが無事なこと確かめてから帰る」

洋はしばらく黙った。

「……。リツ子、お前、やっぱり……」

言いかけてやめると、洋は軽く手を上げて、保を引きずりながら去っていった。

リツ子は洋を見送ると、漁師小屋の中に戻った。康平は軽くいびきをかきながらぐっすりと眠り込んでいた。

リツ子はベッドの上の毛布を取って、康平にそっとかけてやる。

康平は目をゆっくり開けて、リツ子を見た。

「起きた？　風邪引いたら困るっしょ」

いつになく優しい口調でリツ子が言う。康平は「ありがとう」と言った。長く使っていない機械が出したような、さびついた声だった。

「あいつらは？」

「さっき帰った」

「そうか」

康平はまた重く黙り込む。リツ子は康平の横に膝を折って座り、康平に話しかける。

「康ちゃん……大丈夫？」

「何が」

「最近のあんた、見てると……」

康平の目がじっとリツ子を見る。リツ子は言葉が続けられなくなった。

「そうだ、なんか飲む？　康ちゃん水飲まないと」

そう言って立ちあがろうとしたリツ子の腕がぐっと引かれた。

よろけた体をそのまま強く抱き寄せられる。

「何、何すんの」

そう言ってもがくリツ子の声はかすれて震えている。普段の威勢のよさはどこにもなかった。

康平はリツ子にしがみつく。リツ子は支え切れず、康平と一緒に畳に倒れ込んだ。康平はリツ子に覆いかぶさった。少し酒臭い、温かい息がリツ子にかかる。男の重みを感じた。

「リツ子、リツ子」

名前を呼ばれて、リツ子のこわばった体から力が抜けた。康平が他の誰でもない自分の名前を呼んでいる。そのことがリツ子にはうれしかった。

康平の唇がリツ子に触れる。

体の動きは性急で乱暴なのに、キスだけはなぜかひどく優しくて、リツ子の目から思わず涙があふれた。

朝になって康平はリツ子に土下座をして謝ると、「結婚してくれ」と言いだした。

「責任取るとか、そういうのいいから」

リツ子は激怒した。リツ子は康平に申し訳なく思われたり、同情されたりしたいのではなかった。

リツ子がきっぱり断っても康平はプロポーズを繰り返した。ついには、リツ子も根負けし、一年後にもプロポーズする気持ちがあるなら、その時受ける、と言った。

そして、一年後、康平は改めてリツ子に結婚を申し込んだ。

リツ子はたっぷり塗ったマスカラが全てはげ落ちるほど泣きじゃくり、そのプロポーズを受けた。


紗枝は一年後、計画通りお金を貯め、ニューヨークに旅立った。

一度は計画を見直すことも考えた。

二〇〇一年九月十一日の同時多発テロが起こったためだ。多くの人が傷つき、悲しんでいる場所で、夢を追いかけようとするのは、果たして正しいことなのか、と迷いが生じた。

しかし、結局、紗枝が選んだのはニューヨークだった。

とにかく、自分の目で見てみたいと思った。

ニューヨークは紗枝が思っていたよりも、ずっと快活で、親切で、あけっぴろげだった。テロによって、もっとうち沈み、外から来るものに対して、警戒心を持って接するのだろうと勝手に思いこんでいたのだ。

その自由なエネルギーに、紗枝はたちまち魅了された。この街でなんとかして働こうと心に決めた。

そして、紗枝は必死になって仕事を探した。求人広告をチェックするだけでなく、可能性がありそうな職場には直接電話を入れたり、事務所に押し掛けたりした。

アメリカ人たちは彼女を歓迎したのと同じような明快さで、ざっくばらんに断った。

「今、人は足りているんだ」

「そうですか。欠員が出たら、連絡をもらえますか」

「いいとも」

しかし、連絡はなかった。

一月も経つとさすがにめげそうになった。しかし、紗枝は気持ちを奮い立たせた。自分は夢を叶えるためにここにいるのだと、何度も心で繰り返した。

そして、紗枝はふらっと入ったコーヒーショップでフリーペーパーを手にした。ものと情報があふれかえったニューヨークで、見るべきアートやイベントをピックアップした情報誌だった。

紗枝はコーヒーをすすりながら目を通し、その雑誌の視点にたちまち興味を覚えた。アートというのはどこか敷居が高いものだと思っていたのに、そこで紹介されているのは、もっと人間臭い、生活のにおいさえ感じそうなものばかりだった。

最後まで目を通し、編集アシスタント募集という文字を目にして、紗枝は立ちあがった。

そのまま店を出て、情報誌にあった住所に向かう。

「この雑誌が私はとても好きです。ここで働かせてください」

突然、息を切らして駆けこんできた日本人を、編集部の人々はあっけに取られたように見つめた。そのうち、事情を察した編集長が立ちあがり、紗枝を応接室へと促した。紗枝はそこでいくつかの質問を受けた。

編集の経験は？　文章は書ける？　美術の知識は？

紗枝は全ての質問に首を振った。ゆっくり自分の汗が冷えていくのを感じる。

不安げな顔の紗枝に、編集長は口を大きく開けて笑った。

「これはスゴイね。ここまで全部できない人は初めてだ」

「ダメってことですか……」

編集長は紗枝の顔をじっと見た。紗枝の不安が頂点に達したところで、ゆっくりと口を開く。

「まあ、いいんじゃない。今回の募集はアシスタントだし。一から経験を積んでもらえば。とにかく今は一秒でも早く人手が欲しいしね。ただ、あまり給料は出ないし、雑用を一手に引き受けるような仕事だよ」

「もちろん、なんでもやります」

勢い込んで紗枝が言う。男は指をゆっくり振った。

「ただね、一カ月の試用期間を設けさせてもらうよ。使い物にならないと思ったら、悪いけど、すぐにやめてもらう」

チャンスをくれただけでもフェアだと思った。

紗枝は編集長の差し出す手を握り、その日からすぐに働き出した。

仕事は失敗続きだった。店の紹介のような簡単な取材、インタビューテープの文字起こし、写真の受け取り。どんな仕事でも、張り切れば張り切るほど何かしらの失敗をした。

「こんなに失敗の種類があるとは思わなかったよ」

指導係を任された編集者は、呆れるのを通り越して、笑っていた。

いつ首を切られるのかとびくびくしていたが、編集部の人たちは紗枝をそこそこ使い物になるようにするのが使命だと思っているかのように、辛抱強く指導し続けた。

そして一月が経つ頃には、ようやく紗枝の失敗も減ってきた。

とはいえ、自分が編集部の戦力になっているとはとても思えない状況だった。

自分は正式採用されるのだろうか。

ジャッジの日を迎え、不安に胃がしくしくと痛んだ。

ニューヨークで過ごした日々は無駄に終わるのだろうか。そもそも、この街に衝動的に来たこと自体が間違いなんじゃないだろうか。不安にかき乱され、どうしても思考がネガティブに傾く。

出社拒否になりそうになりながら、うつむきがちに歩いていると、通りの反対側から紗枝を呼ぶ声があった。

「紗枝！　おーい、紗枝！」

きょろきょろと見回して、通りの向かいに北見の姿を見つけた。一瞬誰か分からなかった。それほど、彼はこの街に溶け込んでいた。日本人というよりは、無国籍な雰囲気を漂わせた北見はありとあらゆるものから解き放たれたように、生き生きとしていた。

しかし、その顔に浮かぶ笑顔はまるで変わっていなかった。就職活動中に出会ったシーンの再現のように、北見はにこにこと笑いながら手を振っている。

紗枝はその笑顔を見た途端、堪えていたものが一気にふきだしそうになった。今にも泣いてしまいそうだった。一歩も動けない紗枝を見て、北見は小走りで通りを渡って近付いてくる。

「紗枝、久しぶり」

北見は、まるでほんの数週間会っていなかっただけであるかのように言った。

「先輩」

紗枝は呆然と呟く。

「紗枝、なんでこんなところにいるんだよ。びっくりした。ニューヨークに来てるなんて思わなかったから、さっき紗枝を見かけた時、会いたいって気持ちが幻覚になって現れたのかと思った」

「意味ありげなことを言う癖は、変わってないんですね」

北見のいたずらっぽい笑みに、紗枝も笑いかえした。

二人は待ち合わせの時間と場所を決め、連絡先を交換し、別れた。

会社に着くと早速編集長に呼び出された紗枝は、「とりあえず、おまけの合格」と告げられた。

初めて、ニューヨークにきちんと迎え入れられたような気がした。

その夜、紗枝は北見に正式採用のことを伝えた。

北見は紗枝を自然な動作で抱擁すると、「お祝いになってよかった」と笑った。

紗枝はどぎまぎしながら、初めて見る人のように北見を見た。

それから紗枝と北見は親しく互いの部屋を行き来するようになった。北見はしょっちゅう撮影に出かけていたから、一緒にいられる時間はそう多くなかった。だからこそ、互いに一緒にいられる時間を紗枝は大切に思った。次に会うまでに、少しでも北見を驚かすことができるよう、成長したいと思った。

何度目かの北見の不在と帰国の後、北見は紗枝にやけに改まった口調で交際を申し込んだ。

「俺、そういうのはちゃんとしたい方なんだよね」

そうした北見の、一見、いい加減に見える性格の奥にある、生真面目さを紗枝は好ましく思った。彼が自分を大事にしてくれていることもよく分かっていた。

そして、紗枝は北見との交際を始めた。


そして、一年の歳月が過ぎた。

紗枝は編集部の中でタフな新人と見なされるまでに成長した。取材も自分で企画し、オファーするようにもなった。写真も自分で撮影する。大学時代、北見に教わった撮影技術が役に立った。そして、忙しいことにも慣れた。テイクアウトのコーヒーを片手に、携帯電話をかけながら街を闊歩する姿はすっかりニューヨーカーだった。

さらには、ずるずると締め切りを破ろうとするライターに対して、厳しく毅然《きぜん》とした態度もとれるようになった。それまでは日本人的美徳が災いし、どこまでも相手を尊重した対応をとってしまい、トラブルを大きくしてしまうことも多かったのだ。

「どういうことですか、昨日が締め切りのはずですが」

遅筆で有名な美術評論家に、紗枝は厳しい口調をぶつけた。相手は電話口でもごもごと言い訳を呟いている。

「あなたの事情は聞いていません。いつなら原稿をいただけるのか、聞いているんです。五時？　五時ですね。わかりました。首を長くしてお待ちしていますので。それでは」

紗枝は電話を切って、深い息を吐く。まだ相手に強く言う時は少し緊張する。

「あの先生でしょ。手助けしようかとも思ったけど、大丈夫そうだったわね」

向かいのデスクのスタッフが同情の視線を投げる。編集部のほとんどの人が、この先生の原稿の遅さには泣かされてきたのだ。

「この手のトラブルには大分慣れましたから」

紗枝はスタッフと苦笑をかわした。

そして紗枝は椅子に座り直す。紗枝専用のデスクには、圭一が撮影した灯台の写真が飾られていた。

紗枝はパソコンに向かった。画面には書きかけの原稿がうつしだされている。今朝取材してきたばかりの路上パフォーマーについての記事だった。パフォーマンスの見事さとこの人物の人柄をどうやったら伝えられるか。考え込みながら、書いては消し、書いては消し、ということを繰り返す。

「サエ、はりきりすぎるとまた倒れるぞ」

英語の注意が飛ぶ。紗枝は反射的に答えていた。

「でも、今日中に入稿しないと間に合わないから」

手を動かしながら答えた紗枝は、ふっと目を上げて、笑った。

忠告の主は北見だった。

「誰かと思った。おかえりなさい」

「ただいま」

今回はどこへ行って来たのか、日に焼けた精かんな面構《つらがま》えになっていた。よれよれのコートを着て、古ぼけたナップザックを背負った北見は、カメラマンというより冒険家のように見えた。

「ジュン、いつ戻ったんだ」

編集長が北見に気付いて駆け寄る。編集部中の誰もが仕事の手を止めて、北見の周りを囲んだ。知り合いのカメラマンとして紗枝が編集部に北見を紹介して以来、北見は編集部の皆から偏愛と言っていいほどの愛情を注がれていた。

彼らは北見の写真を絶賛した。

「人をおしのけて賞をとる感じでもないし、お金にもならないかもしれないけど、僕は好きだ」

編集長はそういって北見の写真を褒めた。もっと写真を見せてほしい、という編集部の皆の求めに応じ、北見は時々編集部を訪れるようになった。

今も北見は撮って来たばかりの写真を見せてほしいとせがまれている。まだ、整理できてないからと北見が断ると、一同はがっくりと肩を落とした。本当に楽しみにしているのだ。

その光景を見ながら紗枝は、世界中どこへ行ってもこんな感じなんだろうな、と羨ましく思い、少しだけ嫉妬を覚えた。

その夜、紗枝は無事に入稿も終え、北見の家に向かっていた。

二人はごく近くに部屋を借りて行き来していた。編集部のスタッフには、同棲したらいいじゃない、その方が経済的だし、などと呆れられていたが、北見はやはり男女が一緒に住むということに対しても、だらしなくなし崩しにしたくないという気持ちがあるようだった。

北見の部屋に着くと早々に食事をねだられた。和食が食べたい、米が食べたいという。紗枝はご飯を炊き、肉じゃがを作った。

北見はご飯を山盛りによそうと少し猫背になりながら、テーブルに顔を埋めるように、がつがつと料理を口に運ぶ。

見ていて気持ちいいほどの食べっぷりだった。

「うまい！」

心からの言葉を吐くと、北見は笑み崩れた。

「すごい食欲」

緑茶を淹《い》れながら、紗枝はくすくすと笑った。

「むこうじゃ、ろくなもの食えなかったから、なに食ってもうまく感じるよ」

「あ、そう。料理はなんでもいいんだ」

紗枝は拗ねたような表情を浮かべ、肉じゃがの皿を取り上げた。北見は素早く取り返すと、

「うそうそ」と謝った。

「この紗枝の肉じゃがが食べたかったの」

どうだか、と笑いながら、紗枝は北見の向かいに座り、まだ熱い緑茶をすする。久しぶりのたわいのないやり取りに、幸せを感じた。

「どうだった、カンボジアは。いい写真撮れた？」

「うん。手ごたえはあったかな。いくつか新聞社に持ち込んでみた」

「そっか。ねえ、プリント手伝わせて？」

「頼む」

「やった」

北見にとって一番大切な部分に関わらせてもらえる喜びに、紗枝は満面の笑みを浮かべた。

そんな紗枝を北見は箸を止めて、じっと見つめる。

「何？」

「いや、よく笑うようになったなと思ってさ。こっちに来たころとはもう別人。だって、あの時は顔にいっぱいいっぱいですって書いてあったもん。一人でこっちまで来て、住む場所も一人で決めて。ちょっとは俺のこと頼ってくれてもよかったのに」

茶化しながらも、どこか本気で寂しそうな口調だった。紗枝は少し改まった顔で頭を下げた。

「すみません」

紗枝に気を使わせたと悟るや否や、北見はぱっと表情を笑顔に変えると、肩をすくめておどけてみせた。

「まあ、あんまり頼れる先輩でもなかったか」

「そんなことないですって。私が意地張ってただけで」

いいけどねーと拗ねた口調で言いながら、北見は肉じゃがのじゃがいもを大きく頬張った。

「別人って言ったら、私も先輩をニューヨークで初めて見た時、別の人かと思いましたよ。なんていうかすごく生き生きしてた」

通りの向こうで手を振る北見の姿を思い出しながら紗枝は言う。北見はじゃがいもを咀嚼《そしゃく》すると、ゆっくり茶をすすった。

「生き生き、か。でも、あの時から少し自分なりに腹がくくれるようにはなったのかな？」

「あの時？」

北見は茶碗を手で包み込みながら、ぼそりと言った。

「二〇〇一年の九月十一日」


食事を終え、北見は夜の散歩に紗枝を誘った。

北見が暮らすブルックリン側からはイーストリバー越しに摩天楼が見える。貿易センタービルが欠けた夜景。そんなに違いが分かるほどその光景に馴染みがないはずなのに、あるべきものがない場所がぽっかり空いているように見えた。

川の上を渡る風に吹かれながら、夜景を見つめていた。

「あの朝、ちょうどここから。崩れていくビルを見たんだ」北見がゆっくりと口を開いた。

「……怖かった。もちろんテロの恐ろしさもあったけど。その時ニューヨークに住んでるアメリカ人が、急に世界中はみんな敵だみたいになってさ。一瞬、自分の身の危険も感じた。ああ、戦争ってこうやって起きるんだって」

何か取り返しのつかないことが始まるのではないかという恐怖は、テレビを通してその瞬間を目撃した紗枝も感じていた。

「偉そうなことは言えないけど、とにかく行かなきゃならないと思ったんだ。どんな貧しい国にだって、戦争が起きてる国にだって生活がある。家族がいて、子供たちがいて恋人たちがいる」

「先輩」

北見はふっと笑った。

「紗枝、いい加減、〝先輩〟はやめろよ」

それはこれまでも何度となく言われてきたことだった。それでも紗枝は北見を先輩と呼ぶことをやめずにいた。

先輩と呼ぶことで、安心している自分がいた。

先輩という防御壁なしで、北見との関係を築くのが紗枝には少し怖かった。

「紗枝に会いたくて、命からがら帰ってきたんだから」

「大げさ」

紗枝は声を上げてちょっと笑った。二人の間の張り詰めた空気をどうにかしたかった。

北見は笑みひとつ浮かべず、静かに言った。

「ここ、笑うとこじゃないんだけど」

紗枝は思わず息を止めた。

笑顔もゆっくりと消えていく。

北見は今までに見たことのないほど真剣な表情で、紗枝をじっと見つめた。

「紗枝、結婚しよう」

さらり、と北見は言った。

本当に大気の話でもするようなさらりとした口調だった。


結婚式はレストランで行われた。流行りのレストランウエディングだ。紗枝が飛行機の時間の関係でギリギリに会場にたどりつくと、みなみが階段の踊り場に一人で立っていた。

美しいレースで覆われた純白のウエディングドレス。その可憐な美しさは、みなみによく似合っていた。

紗枝は、親友のみなみの結婚式に出席するためニューヨークから日本へ帰って来たのだ。

「みなみ」

紗枝が声をかける。みなみはベールをぱっとはね上げると、紗枝の名前を叫んだ。

「紗枝！」

「おめでとう」

「ありがとう、遠くから」

紗枝は笑顔で首を振った。

「ううん、全然。他ならぬ、みなみのためだもん。みなみ、綺麗だよ」

「ほんと？　頑張ってダイエットしたのさ」

みなみは体をひねって紗枝にウエストのラインを示す。見事なくびれができていた。

「高校時代からいくつものダイエットに失敗してきた私がだよ、このウエディングドレスのチャックをしめるために、もう必死で痩せたんだよ」

二人は顔を見合わせて笑った。

「紗枝はなんかカッコよくなったね。やっぱ違うね、ニューヨーカーは」

言われて紗枝は自分のワンピースを見下ろした。アンティーク風のシンプルなクリーム色のワンピース。ニューヨークで暮らすようになってから、紗枝は少女らしい服装から、少し大人の強さを感じさせる洗練された服を好むようになっていた。

「みなみ、何してんだ、おじさんたちもういたぞ」

慌ただしくタキシード姿の青年が駆けこんでくる。保だった。見るからに緊張した、落ち着かない様子の保は紗枝に気付き、少し恥ずかしそうな顔でちょこんと会釈をした。

みなみが保の蝶ネクタイの歪みをさっと直す。

その光景を見て、紗枝はしみじみと似合いの二人だな、と思った。みなみが保と結婚すると聞いたときには驚いたけれど、二人が並んでいる様子はいかにもしっくりとして見えた。

紗枝は「おめでとうございます」と丁寧に保に頭を下げ、みなみに手を振ると、パーティ会場へと移動した。

パーティ会場は込み合っていた。保とみなみ、それぞれの学生時代の友人や職場の友人がひしめき合っていた。

紗枝は何人か知った顔を見かけ、会話を交わした。問われるがままにニューヨークの話をしながら、紗枝は無意識のうちに康平の顔を探していた。

話していた同級生が別の友人を見つけて、去って行った。

一人になった紗枝はシャンパンをすすりながら、会場を見渡す。その視線は会場の入り口を捉えた途端、ピタッと止まった。

入り口から康平が入ってくる。三年ぶりに見る姿だった。初めて見るスーツ姿の康平はぐっと大人びて見えた。

康平は窮屈そうなネクタイを緩める。その憮然《ぶぜん》とした表情が妙に懐かしくて、紗枝は目が逸らせなかった。

「康ちゃん、はい」

ひときわ派手な服装の女が康平に向かって、料理を取り分けた皿を渡す。その少し気の強そうな横顔を見た途端、紗枝はそれが昔、漁協で紹介された事務員のリツ子であることに気付いた。

「サンキュ」

康平は当たり前の顔で皿を受け取る。夫婦としての月日が感じ取れるようなやり取りだった。

「スゴイ人でない？」

リツ子は康平の腕にしっかり自分の腕を巻きつける。

「保、大丈夫だべか。あいつ緊張しいだべ」

会場を見渡した康平の目が紗枝を捉えた。驚いて軽く目を見開いた康平に紗枝は、少し笑って、手を振った。

進むべきか迷うような、ゆっくりとした足取りで、康平は紗枝に近づいて行った。不安気な表情のリツ子にも気付かず、こわばった笑顔を紗枝に向ける。

「久しぶり」

「……久しぶり」

見つめ合う二人に焦れて、リツ子は組んでいる腕をぐいと引いた。康平ははっとすると、慌てて紗枝にリツ子を紹介した。

「リツ子。嫁さん。俺、結婚したんだ」

「聞いてた。みなみから」

紗枝は微笑んだ。

「平沢です」

紗枝はリツ子に向かって頭を下げた。

リツ子は叱られた子どものようなぶすっとした表情で、微かに頭を下げる。

「どうも、木内です」

遠くから、漁師仲間が大声で、リツ子の名前を呼んだ。二次会の打ち合わせのようだった。

「うるさいなあ。今行くから」

そう大声で怒鳴り返すと、リツ子はまた紗枝にちょこんと頭を下げた後、漁師たちの方へ駆けて行った。

康平はその後ろ姿を見送りながら苦笑する。

「いつもあんなんだ。愛想悪くてな。まあ、家のことは一生懸命やってくれるから助かってるけど」

康平は皿の上のテリーヌを口に放りこんだ。食べ慣れない味のせいなのか、それとも思いがけず紗枝に会ったからなのか、味もわからないまま康平は無理やり口の中のものを飲み込んだ。

「元気そうだな」

康平はちらりと紗枝に目をやった。紗枝は大学時代よりもさらに一層あかぬけて見えた。

「康平君も。なんか逞《たくま》しくなった？」

「太っただけだべ」

「そうなの？」

「ああ、だんだん、オヤジ化してきたんだ」

二人はぎこちなく声を合わせて笑う。

「ニューヨークに住んでるんだって」

「うん」

「じゃあ、わざわざ、このために帰ってきたんだ？」

「そう」

会話は途切れた。気まずい沈黙に、紗枝はシャンパンを傾け、康平はオードブルを次々に口に運ぶ。

シャンパンを飲みほし、逃げ場をなくした紗枝は康平に尋ねた。

「……仕事は、どう？」

「厳しいのは相変わらずだ。なかなか思うようにはな」

「そう」

大きく頷きながら真剣に耳を傾ける紗枝の瞳に気を取られ、康平はうわの空で相槌《あいづち》を打った。

「ああ」

再び沈黙が訪れた。

紗枝は空《から》になったシャンパングラスをもてあそぶ。その様子を見ていた康平は無意識のうちに紗枝の名前を呼んでいた。

「紗枝……」

一瞬のうちにあの頃に戻ったような気がして、紗枝はどきんとした。

「何？」

「あ、いや……」

自分でも何を言おうとしていたのか、康平はよく分からなかった。誤魔化すためにビールのグラスを勢いよくあおる。

その時、会場に結婚行進曲が流れた。司会者の指示のもと、会場の人々が左右に分かれ、真ん中に道を作る。

入り口に新郎新婦が現れた。一斉に拍手が沸き起こる。紗枝も康平も、温かい拍手を送った。

「あいつ、昔から緊張すると右手と右足が一緒に出るんだ」

康平が紗枝に耳打ちする。保の動きに改めて注意を向けると、確かに右手と右足が同時に動いて、ぎくしゃくした出来そこないのロボットのようになっていた。

「ほんとだ」

紗枝はうれしそうに微笑んだ。その様子に康平は思わず表情を緩める。

その様子をリツ子は遠くから見ていた。紗枝に向けた康平の笑顔を見る度に、すぐさま飛んで行って打ち消してやりたいと思いながら、一歩も動けなかった。

「ほら、乾杯だぞ」

「え、ああ、サンキュ」

洋にグラスを渡され、リツ子はぼんやりと受け取った。

洋はリツ子の視線を追う。康平と笑い合う紗枝の姿に気がついた。

「紗枝ちゃん、帰ってきてんだ」

リツ子は洋の言葉を無視すると、彼の皿からキッシュをつまみ、顔をしかめた。

「なんか、料理ケチってない？　会費の割に大したことないっしょ」

リツ子の視線はまだ康平と紗枝に注がれている。

リツ子の視線の先で、二人はにこやかに小声で会話しながら、新郎新婦をじっと見つめている。

会場の端まで、ゆっくりと歩き切った保とみなみは、招待客の方を振り返る。そして、いかにも初々《ういうい》しい仕草で、二人は揃って頭を深々と下げた。


結婚式が終わり、紗枝は久しぶりに家に帰った。

東京に出て以来、この家には数えるほどしか帰っていないというのに、紗枝の部屋はまったくそのままになっていた。

その真ん中に段ボールが五つほど積み上げられている。紗枝が東京から送った段ボールだった。ニューヨークへ旅立つほんの数日前に慌ただしくまとめた荷物なので、もはやどこに何が入っているか、何を入れたかさえも覚えていない。

紗枝は片っ端から段ボールを開けていった。

CDや本など、次々と懐かしいものが現れる。三つ目の段ボールで紗枝はようやくお目あてのものを見つけた。

厳重に緩衝材で包んだ箱だ。

探していたものなのに、中身を見るのが少し怖くて、ゆっくりとふたを開けた。

中から出てきたのは船だった。

康平の夢の船、康平丸。

その船につけられた「ガンバレ紗枝」という文字にやっぱり紗枝は少し笑ってしまった。

康平が、東京のアパートであの朝紗枝にこの船を手渡してくれたことが、遠い昔のことのように思えた。

「紗枝、ちょっと飲まない？」

缶ビールを二本掲げながら、良子が声をかける。

紗枝は咄嗟に船を隠した。

振り返り立ちあがった紗枝に良子は、缶ビールを手渡した。

「久々に帰ってきたんだからさ。話したいこともあるし」

「何？」

紗枝はさっさと缶を開けた。良子は自分から声をかけたというのに、ビールも開けずにもじもじと立っている。

「うん……ちょっとね」

「だから、何！」

しびれを切らして尋ねると、良子は両手で頬を押さえながら、今にも溶け出しそうな笑みを浮かべた。

「紗枝、私ね……結婚申し込まれてしまったさ」

紗枝は口をあんぐり開けた。幸いビールは飲み込んだところだったので、零れ落ちたりはしなかったが。

「嘘。誰？」

短く否定と疑問をぶつけると、良子は身をひるがえして逃げだした。

「そんなこと言えないべさ」

「そんなのひどいよ。言いかけといて」

逃げ惑う良子を紗枝は追いかけまわす。部屋の隅まで追い詰めて、息を切らす良子のわき腹を思いっきりくすぐると、彼女は悲鳴を上げて降参した。

岬の灯台で紗枝は康平を待っていた。

みんなそれぞれの道を歩き出そうとしている。いつまでも自分だけ立ち止まってはいられない。新しい未来に向けて踏み出すために、青春への決別のために、康平に会って渡さなければならないものがあった。

康平は軽トラックでやってきた。

車から降り、灯台に向かって歩く康平の顔は緊張でこわばっていた。急に紗枝から電話があり、会いたいと言われたからだ。

潮風に長いスカートをなびかせて海を見ていた紗枝が康平に気付く。康平はよっというように軽く手を上げて応じた。

水平線が夕日に染まっている。二人はしばらくその鮮やかな色に見とれた。

「これ」

紗枝は康平に箱を差し出した。箱の中をのぞきこんだ康平は、思いがけない康平丸との再会に驚いたように目を見開いた。康平丸の文字、自分で丁寧にやすりがけして整えたフォルム、「ガンバレ紗枝」というメッセージ。懐かしさに、心が揺れた。

「海の向こうまで、連れていっちゃおうかとも思ったけど」

そう言って紗枝は、ちょっと淋しそうに笑い、言葉を続けた。

「でも多分もう日本へ戻ることはないと思うし」

「ずっとニューヨークに住むのか？」

「そのつもり。仕事も、まだ今はバイトみたいなものだけど。これからちゃんとやれるようにしたいし」

水平線を見つめながら紗枝が言う。

「それに、私、結婚するかもしれないから」

結婚。その二文字を理解するまでにしばらく時間がかかった。康平は慌てて笑顔をつくり、

「おめでとう」と言った。

次の瞬間、はっとした表情になって、恐る恐る問いかける。

「もしかして……外人か？」

紗枝は笑った。康平らしい質問が懐しかった。

「日本人」

康平は一緒になって笑っていたが、唐突に真剣な表情になったかと思うと、紗枝を正面からまっすぐ見つめた。

「その人は……その……紗枝が結婚するって人は、いい人か？」

紗枝はためらいなく頷いた。

「そうか、なら、いかった」

なら、いかった、ともう一度小さく康平は繰り返した。

「紗枝はとうとう自分の夢叶えたんだな」

康平はまぶしそうに紗枝を見た。

「なんも。まだ全然途中だよ」

「今訛《なま》ってたぞ。なんもって言ったべ」

「言ってないっしょ」

「ほら今だって」

二人は笑い合う。

昔のように笑いあえたことが紗枝も康平もうれしかった。

その互いの顔がひときわ鮮やかなオレンジに染まる。ゆっくりと水平線に沈んでいく直前の夕日が、最後の強い光を放っていた。

「私、やっぱり帰ってきてよかった。康平君とこうやって話すことができて、よかった」

紗枝は重い荷物を下ろしたかのように、ポツリと言った。

康平は、黙って夕日が消えていくのを眺めていた。

日が沈むとたちまち、闇が辺りを覆いだした。

康平は紗枝を助手席に乗せ、軽トラックを走らせた。二人とも心の中で、初めて会った日のことを思い出しているのに、互いに口に出すことはなかった。

道路に並行して走るローカル線。

その線路を一輌編成の汽車が通り過ぎて行く。

紗枝はその汽車を思わず目で追った。汽車の姿はあの頃から何も変わっていなかった。二輌だった車輌は、一輌になってしまっていたが。紗枝も康平も、学校の帰りに待ち合わせて一緒に帰った汽車の中の時間を思い返していた。

しかし、やはり口に出すことはしなかった。

二人は一言もしゃべらず、ただ車に揺られていた。

「ここでもういい。ありがとう」

家までまだかなり距離がある場所で紗枝は言った。

遠くに薄紅色のハナミズキが見える。暗闇に浮かびあがる満開のハナミズキは幻想的で美しかった。

康平は車を停める。紗枝はもう一度、「ありがとう」と呟くと、勢いよく車から降りた。

「じゃあ、元気でね！」

「紗枝も、元気で」

お互いあふれ出ようとする気持ちを笑顔で覆い隠しながら明るい口調で別れを告げる。

紗枝は運転席の康平に軽く手を振ると、車に背を向けて、足早に歩き出した。

振り向いたらもう元には戻れないことを恐れているかのように、紗枝はまっすぐ前を見たまま、どんどん歩いた。

康平は最後まで無事を確かめるという言いわけを自分にして、紗枝の後ろ姿を見つめていた。その背中が少しずつ小さくなっていくにつれ、紗枝がいなくなるということが、実感として康平の中に染み込んできた。紗枝が行ってしまう。

紗枝が別の男と外国で結婚したら、今度こそ、もう二度と会えなくなってしまう。

胸が苦しかった。

その時、一陣の風が吹き抜けた。重く湿った風だった。風はハナミズキを揺らし、花びらをふわっと、空高く舞いあげた。その花びらが紗枝にふりかかる。肩を花びらにぽんと叩かれて、紗枝は振り返った。ハナミズキに呼び止められたかのようだった。

花びらは次々に舞い下り、紗枝の体に絡みつくように風に舞ったかと思うと、ぱっと闇の中に消えていった。

ひらひらと舞う花びらの向こうで、いつの間にかトラックから降りた康平が、紗枝に向かって駆けだしてくるのが見えた。

紗枝もその瞬間、彼に向かって駆けだしていた。

ぶつかるほどの勢いで二人は固く抱き合った。

自分たち以外のことは脳裏から全て消え去っていた。

互いの腕の中の存在だけが全てだった。

康平は紗枝の肩に顔を埋める。紗枝も康平の肩に頭をもたせた。二人は互いの腕の中にぴったりと収まっていた。

自分の鼓動と相手の鼓動が混じり合い混乱する。鼓動はじきにひとつになった。

二人はもっとぴったり寄り添おうというかのように、背中にまわした手に力を込め、抱き寄せた。

紗枝の背中をぐっと抱き寄せた康平の右手が自分の左手に重なる。薬指の冷たくて硬い指輪の感触に、康平はたちまち我にかえった。

自分は一体、何をしているのだろう。

紗枝を愛おしく思う気持ちは、自分の中から一生消えることはない。

しかし、今の自分には苦しい日々に寄り添い支えてくれたリツ子という存在がいる。

康平は紗枝の名前をそっと呼んで、祈るように呟いた。

「紗枝、幸せになれよ」

「……康平君」

ためらうように名前を呼ぶ紗枝を、ぎゅっと強く抱きしめる。

そして、康平は不意に紗枝を突き放すと、トラックまで駆けもどり急いでエンジンをかけた。

そして何かに追われているかのように車を急発進させ、近くの高台まで車を飛ばした。風車が回るその高台の下までくると康平は車を停め、ほとんど止めていた息をどっと吐き出した。

紗枝はアメリカに行ってしまってもう二度と帰ってこない。

もうどこかでばったり会う可能性もない……。

康平はハンドルに覆いかぶさるようにして、じっと考え込んだ。

様々な思いや光景がとりとめもなく浮かんでは、そのまま何の形も取ることなく消えていく。

紗枝もまたハナミズキの花を見上げながら、いつまでもいつまでも立ち尽くしていた。

康平が家へと戻ったのは深夜だった。

家はしんと静まり返っている。車から降りた康平は、家の前の暗闇に蒼白な顔で立つリッ子の姿に気付き、どきっとした。

「どこ行ってたの？」

リツ子は顔をひきつらせ、康平に詰め寄る。

「こんな時間までどこ行ってたのさ、康ちゃん」

「……飲んでたんだ、洋たちと」

康平は視線を逸らして、咄嗟に嘘をついた。そのままリツ子の横をすり抜けて、玄関へ向かおうとした康平の背中に、リツ子の感情を抑えた低い声が届いた。

「洋から電話があったよ」

康平の肩が意図せず、ぎくんと跳ね上がる。

「みんなが康ちゃんを探してるって。携帯に何度かけても出ないからって、私のとこにかかってきた」

リツ子の低い声が涙でひび割れる。

「うちはもうダメみたいよ」

思わず康平は振り返る。リツ子は泣いていた。

「これ以上、漁協からうちにお金は貸せないって。そう決まったって。もう、破産するしかないんだよ」

リツ子はつかつかと康平に近づくと、拳で康平の胸を打った。康平は身じろぎもせず、その拳を受けながら、呆然と立っている。

「こんな大事な時に何してたのさ！」

リツ子は泣き叫んだ。胸がえぐり取られるような声だった。

「何してたのさ！」

康平を叩きながら、ゆっくり膝から崩れ落ちていく。

康平の膝にしがみつき、リツ子は咆《ほ》えるように嗚咽していた。

ニューヨークに戻ると、紗枝は自分の部屋にも寄らずそのまま編集部へ向かった。すぐに仲間たちの顔が見たくなったのだ。

紗枝の顔を見るなり、スタッフたちは一斉に紗枝に向かって話しかけた。一つ一つ律儀に答えながら、紗枝は編集長の前に立つ。

休暇のお礼を伝えると、編集長はデスクの上にあったノートの切れ端を紗枝に手渡した。

「これ、純一から預かってる。紗枝に渡してほしいって」

「なんですか」

「急な仕事が入ったそうだ。大きなチャンスらしい」

紗枝は急いで紙を開いた。短い手紙だった。

「紗枝へ
新聞社から急に取材の仕事が入り、少しの間NYを離れます。

帰ったらこの間の返事聞かせてほしい。

行ってきます!!

北見〝先輩〟より」

北見らしい手紙だった。紗枝は〝先輩〟という強調にくすりと笑う。

「何、ラブレター？」

恰幅のいい黒人スタッフのジェシーが声をかける。

「うん、まあね」

「ねえ、ジェシー、私たちね、彼が帰ってきたら多分、結婚する」

これ以上、自分一人の中に閉じ込めておけなくて、紗枝は北見からプロポーズを受けたことを打ち明けた。

ジェシーは絶叫のような歓声を上げた。

「おめでとう！」

聞きつけたスタッフたちが次々に紗枝を取り囲み、ハグをし、キスをして、祝福する。笑顔を返しながら、紗枝は意外にきちんとした順番にこだわる北見が、先にプロポーズの答えを聞いたのがスタッフたちだと聞いて、どんな反応を示すだろうなどと考えていた。


白幌町の漁協で康平は言われるがままにハンコをついていた。債務処理の書類だった。代々続いた漁師としての木内家の最後を示す書類だった。健二郎は何もかもを担保にしていた。それ以外に方法がなかったことも分かる。康平のことを考えたからこその無理だったことも分かる。しかし、実際問題として、家も車も土地も全部取られてみると、亡くなった父を責めたくなる気持ちに駆られた。

しかし、父のせいばかりではない。結局、自分の力が足りなかったのだ。

「本当にありがとうございました」

組合長に頭を下げて、建物を出ると、美保子と美加が心配そうな顔で駆け寄ってきた。

「お兄ちゃん」

心配そうな顔の妹に、康平は少し無理して笑ってみせた。

「全部……終わったから。今から帯広に発つんだべ、送るわ」

ずっと暮らしてきた家を、もう数週間後には出て行かなければならない。美保子と美加は親戚のところで働きながら生活することになっていた。

「母さんたちは大丈夫だから。リツ子さんのとこさ早く行ってやんなさい」

美保子はリツ子を気遣った。最初こそ派手な外見に警戒心を抱いていた母だが、一緒に台所に立つうちに、情が移ったのだろう、何かあればリツ子をかばうようになっていた。

「あの子はいい子過ぎるくらい、いい子だから」というのが美保子の口ぐせだった。

「康平」

「何？」

「今まで家のために……本当にありがとう」

そういって美保子は康平に向かって深々と頭を下げた。母に頭を下げられたのは、生まれて初めてだった。その隣では妹の美加も神妙な面持ちで頭を下げていた。

康平は急いでトラックに乗り込むと、泣きそうになるのを必死でこらえながら、母と妹に手を振った。

急いで家に戻ると、康平はがらんとした部屋に向かって、「ただいま」と声をかけた。家の中はやけにがらんとして見えた。

めた。

「リツ子、リツ子？」

　不意に心細くなって、康平は大声で呼びかけた。

　返事はない。康平はゆっくりと台所を見渡し、テーブルの上に置かれた一枚の紙に目を留めた。

　離婚届。

　リツ子の名前が書き込まれ印鑑まで押されている。その紙の上には、紙を押さえる文鎮のように、無造作に、結婚指輪が置かれていた。

　どれだけの時間、そこに座り込んでいたのだろう。

　立ち上がろうとしても体に力が入らなかった。

　ようやくのろのろと立ち上がり台所へ行った。

　炊飯器の中の冷たくなった米が残っていた。康平はそれを茶碗に移すと、茶漬けにした。何かをしていないと気が変になりそうだった。康平は無造作にテレビをつけ、茶漬けをただ黙々と口に運んだ。

　味は全く分からない。まるでざらざらと砂を流しこんでいるようだった。それでも最後まで食べきると茶碗と箸を持って流しに向かう。

　茶碗と箸をシンクに入れ、水道をひねる。勢いよく水が飛び出し、康平のシャツを濡らした。

　康平はその水の流れをぼんやりと眺めていた。水が蛇口から流れ出し、そのままの勢いで排水口に消えて行くのを魅入られたように見つめる。

　急に、目の奥がじわじわと熱くなって、康平の目から涙があふれ出した。涙は次々に零れ落ち、水道の水と混じり合って、排水口に消えて行った。

　シンクに両手をついて、康平は全身を震わせて嗚咽した。

　むせび泣く康平の背後のテレビでは、テロ事件に巻き込まれた邦人の臨時ニュースが慌ただしく告げられていた。

　亡くなったのはニューヨーク在住の三十一歳のフォトジャーナリスト、北見純一。そう告げるキャスターの背後では、北見がいつもの笑顔とは異なる堅い表情で映っている。康平はその人物が自分の人生とどんな風に交差しているかなど知る由もなく、シンクを固くつかんだまま、幼子《おさなご》のように声を上げ泣き続けていた。

　紗枝は北見の死を、彼のアパートで知った。

　彼が帰ってきたら、一番に「おかえり」と言おうと、帰国以来、彼の部屋で北見を待っていたのだ。その時、紗枝の携帯電話が鳴った。

知らない番号だったがためらいなく紗枝は出た。嫌な予感は何ひとつなかった。紗枝の未来には明るい希望だけがあると信じていた。

「サエ・ヒラサワですか？」

きびきびとした男性の声だった。

「そうですが」

「誠に残念なお知らせですが、ジュンイチ・キタミがイラクで命を落としました」

それは北見を雇った通信社からの連絡だった。

紗枝は携帯の電源を切り自分に言い聞かせた。

これは、夢だから。きっと、悪い夢だから。

心配した編集長が訪ねてくるまで、紗枝は北見の家で何も食べず、ほとんど動かず、ひたすら痛みをやり過ごそうとしていた。

編集長はそんな彼女に無理やり仕事を与えた。彼女は時々涙ぐみながらも、それでも、必死に仕事をこなした。編集部のスタッフたちの温かい励ましもあり、紗枝は徐々に日常を取り戻しているかのように見えた。

しかし、それは形だけだった。紗枝はあの日から笑っていなかった。

編集長はそんな紗枝に新たな提案をした。

北見の個展を開いてはどうか、というのだ。

「ジュンが伝えたかったものを伝えるのが、君の役割じゃないのか」

そう言われて、紗枝は北見が亡くなってから初めて、彼の写真をもう一度きちんと見直した。

子どもたちの笑顔。それは大学時代から変わらない北見のテーマでもあったが、最後に撮ったイラクでの写真はそこに強い祈りのようなものさえ感じられた。

「君が幸せであるように」

ありとあらゆる人に、北見はそのメッセージを送っているように感じられた。

そのメッセージを北見にかわって、少しでも多くの人に届けたい。

紗枝は思った。

北見が9・11を目撃し、何とかしなければと感じたように、彼女も北見の写真に、行動を強く迫られたような気がした。

そして、紗枝は編集長に個展を開きたいと告げた。

紗枝の目には光が戻っていた。

それから、個展の実現まで三年の月日がかかった。

まだほとんど無名だった北見の個展を開いてくれるような、ギャラリーはなかなか見つからなかった。紗枝は北見の写真を整理し、経歴などを加えたファイルを作ると、ギャラリーのオーナーに片っ端からアポイントを取り、売り込んでいった。写真を一目見れば、大抵、どんな相手も興味を引かれたような素振りは見せたが、やはり知名度のない東洋人カメラマンということがネックとなり、個展の実現にはなかなか至らなかった。

紗枝はこれまで自分が仕事で出会ってきた相手にも、熱心に北見の写真をプレゼンし、個展が開催できるよう、力を貸してほしいと訴えた。

そのうちの一人がニューヨークでも格式の高いギャラリーを運営している男だった。いかにも気がなさそうに紗枝から北見の資料を受け取った男は、その日の夜に電話をかけてきた。

「ジュンイチの個展をうちで、やろうじゃないか。写真ももちろんいいけど、タイトルも気に入ったよ。このコンセプトでやろう」

「Behind the eyes of children」

子どもたちの瞳の背後にあるもの。それは、子どもたちの力強い笑顔だけでなく、さらにその奥にある、祈りや諦めや渇望や絶望までもを写しとった北見の新しい境地を見て、紗枝がつけたタイトルだった。

それから話はとんとん拍子に進んでいった。

紗枝はフリーペーパーの仕事もこなしながら、ギャラリーとの打ち合わせを重ね、コンセプトをさらに煮つめ、個展を形にしていった。

写真のプリント、レイアウトまで紗枝は全て一人でこなした。招待状も一通一通手書きで書き送った。

そして、北見純一追悼個展の初日、紗枝は黒のパンツスーツに身を包み、凛とした表情で、来場者に写真の説明をしていた。

写真はほとんどがテロや戦争と紙一重の日常を送る子どもたちを撮影したものだった。中でもひときわ目を引くのは巨大な戦車の前に立つ少年の写真だった。不穏な感じのする戦車と、パジャマのような服を着て、きょとんとした顔で立っている少年の対比は、強く心に残った。紗枝は現像を手伝いながら北見に聞いた話を思い出しては、来場者に北見の写真への思いを伝えた。

初日の終了後、会場でささやかなパーティが開かれた。紗枝は主催者として挨拶に立った。

「本日は、北見純一の追悼個展に来ていただき本当にありがとうございます」

しっかりとしたクリアな発音の英語で、紗枝はゆっくりと語りだした。

「皆さんもご存じのように、純一は自由を愛し、写真を愛し、ユーモアを愛し、そして誰からも愛される人でした。私が人生に迷った時も彼は進むべき道を灯台のように照らしてくれました」

聞き手の中に編集部のスタッフたちがいる。紗枝と目が合うと彼らは励ますように頷いた。

「彼は9・11をここNYで経験し、天啓に導びかれるように、写真家として自分の撮るべきテーマに気づきました。それは紛争地で生きる子どもたちの『笑顔』でした。彼はいつも私にこう話してくれました。あんな悲惨な戦場の中でも、子どもたちの目はいつもキラキラ輝いている。その笑顔の奥にある本当の意味を伝えるのが俺の仕事なんだ、と。彼は、二〇〇三年五月イラクで命を落としました。でも、私は信じています。純一は、いつも私たちの側にいると」

紗枝は従軍記者としてヘルメットをかぶり迷彩服を着た、北見の写真をじっと眺め、再び聞き手に目を戻した。

「彼と彼の残したメッセージが、いつまでも皆さんの心の中で生き続けることを、心から願ってやみません。純一を愛し、支えてくださった全ての人に感謝します」

そして、紗枝は写真の北見に向き直りゆっくりと語りかけた。

「純一、あなたに出会えたことは私の誇りです。ありがとう純一」

それから、小さな声で、「ありがとう」と日本語で繰り返した。

スピーチの言葉とは別に、北見だけに感謝を伝えたかった。

「本当にありがとうございました」

聞き手に向かってゆっくりと頭を下げる。温かい拍手が沸き起こった。

会場をゆっくりと見渡していた紗枝は、一番奥で拍手を送る良子の存在に気付いた。

驚きに目を見張った紗枝に、良子は手を高く掲げて、拍手を送った。


全ての客が帰るのを見送った後、紗枝は良子を誘って、会場の外のテラスに出た。

テラスからはマンハッタンの夜景が一望できる。

手すりに寄りかかりながら街を見下ろしていると、夜空と夜景の区別が段々つかなくなって、宇宙に放りだされたような錯覚さえ覚えそうになる。

「驚いた。急に来るんだもの」

事前に電話一本よこすでもなくふらりと現れた良子に、呆れたように紗枝が言う。良子は笑った。

「したって、二年も帰って来ないんだもの。こっちが行くしかないっしょ」

「すみません、心配かけて」

紗枝はぺこんと頭を下げた。

「素敵な人だね、北見さん」

良子は個展のパンフレットを手にしながらしみじみと言った。

「撮った写真見ればその人がどんな人か分かるわ」

その言葉は紗枝にとって何よりうれしいものだった。彼の残した写真が誰かに届き、その心を動かす度に、北見の存在を強く感じる。紗枝は黙ったまま、笑顔で頷いた。

「紗枝、いいスピーチだったよ。北見さんも喜んでくれてるんでない？」

「……そうかな」

北見だったらどうするだろう。紗枝は初日までに、何百回とその質問を自分に投げかけ、様々なことを決めていった。しかし、実際、北見の伝えたかったことが、少しでもきちんと伝わったかなど、本人に確認しないかぎりはっきりとは分からない。紗枝の声は自信なさげに曇った。

「喜んでるさ、紗枝がここまでやったんだもの。こんな、遠い街で、誰にも頼らずに」

良子は紗枝の手を両手で握った。

「よおく、頑張ったね。よおく、一人でここまで頑張ったね」

紗枝は小さな子どもに戻ったような気持ちになった。これだけ手放しに、無条件に自分が認められ、受け入れられたのはいつ以来だろう。

紗枝は涙を堪える。良子の目にもうっすら涙が滲んでいた。

「ねえ、紗枝、もし、あんたが帰りたかったら、いつでも帰ってきていいんだよ」

「ありがとう。でも、もう少し考えてみる。自分で考えてみる」

そう、と良子は言った。二人は軽く体をぶつけ合う。

お母さんが側にいる。それだけで、ニューヨークの灯りがいつもの白いクールな光から、電球のようなクリーム色の温かい光に変わったように見えた。

鮭漁の船の灯りを彷彿《ほうふつ》とさせる都会の灯《ひ》を眺めながら、紗枝は自分の心がゆったりと丸くなっていくのを感じていた。


良子には家をそのままにしてあると言われ、考えてみると伝えたものの、紗枝の目の前にはニューヨークでの山積みになった仕事があった。その山は常に新しく積み上げられ、紗枝の視界はいつでも仕事の資料や書き損じや原稿で埋め尽くされていた。その山と格闘しやっつけることが紗枝の目下の目標だった。それは下手をすれば、永遠の目標にもなりそうだった。

仕事の山が片付かなければ、落ち着いて何か物事を考える時間などいつまでたっても取れそうには思えなかった。

少しでも仕事をこなそうと、紗枝は猛烈な勢いで、原稿をタイプしていく。その肘が書類の山にぶつかり、小規模な雪崩が起こった。

慌てて雪崩を食い止めると、紗枝は同じ過ちを繰りかえすことがないよう、少し整理をすることにした。山を切り崩す途中、その陰にひっそりと埋もれていたものに気付き、紗枝は作業の手を止めた。

それは灯台の写真だった。

どこへ行くにも常に持ち歩いてきた、父圭一の撮影した灯台の写真だ。

灯台のあるノバスコシア州は、カナダの東の端にある。ニューヨーク州とノバスコシア州の間の距離はそれほど離れておらず、国こそ違えど、東京と北海道ぐらいの感覚で移動できるはずだった。

それなのにどうしてこれまで、時間を見つけて行こうとしなかったのだろう、と写真を見ながら紗枝は思った。自分の生まれた場所に。ずっと行きたかった場所を忘れていた。

忙しい日常に埋まってしまっていたのだ。文字通り写真が埋まっていた資料の山を紗枝はため息をつきながら眺める。

そして、次の休暇を利用して、カナダのノバスコシア州へと向かった。

何の準備もせず、ほとんど身一つで飛行機に乗った。

ハリファックスの宿は予約しておいたが、それ以外は何の計画もない。紗枝は空港の係員に教えられた、灯台へ向かうバスに乗り込んだ。

バスが走る海岸沿いの道はライトハウス・ルートと呼ばれている。この道はあの灯台へと続く道なのだ。紗枝の胸は密かに高鳴った。

海沿いの道が続く。窓の外に広がる風景はどこか北海道と似た、大らかな美しさがあった。

バスは灯台のある小さな港町にたどりついた。

有名な観光地でありながら、どこか生活のにおいもする町だった。建物にはヨーロッパらしい香りもどことなく感じられる。紗枝はノバスコシアという州名が「新たなるスコットランドの国」という意味であることを思い出した。

この辺りは移民たちの町なのだ。

遠い故郷の面影を、新天地に重ねつつ、少しずつ自分たちの新しい故郷を作り上げてきたのだ。

お父さんやお母さんも、この場所で故郷を思ったのだろうか。

紗枝は何度か、町の人に道を尋ねながら、灯台を目指した。

「この道を下れば海に出る、そうすりゃすぐに見えるだろう。それにしても、その写真はなかなかいいな」

庭仕事をしていた人のよさそうな老人は、「ここへ行きたい」と紗枝が示した灯台の写真を褒めてくれた。

「ありがとう。私の父が撮った写真なの」

礼を言って、老人に手を振ると、言われたとおりに歩き出す。

視界は突然に開けた。

太陽の光が強く照り返す目を焼くような真っ白い岩場に、ぽつんとその灯台は立っていた。

目が届く範囲には白い岩場と海と空と、そして灯台しかなかった。

世界の行き止まりに自分はいると思った。現実感のない美しい光景だった。

しばらく、紗枝は言葉もなく立ちつくしていた。

目の前の光景が体の内側まで静かに染み込んできた頃、紗枝は手に持った写真を掲げながら、岩場を少しずつ移動し、写真と同じ角度で灯台が見える場所を探した。真っ白な岩場は太陽の光を反射し、紗枝はまぶしさに目を細めた。

ついに写真とまったく同じ角度のポイントを見つけた。写真と目の前の風景を並べて何度も比較する。紗枝は改めてその風景を眺めた。

お父さんやお母さんが歩いた場所を自分は今踏んでいるのかもしれない。

そう思うと不思議な気分になった。

それから紗枝は適当な岩場を見つけ、腰を下ろし、水平線を眺めた。今この場所から一瞬も離れたくなかった。

紗枝は海を見ながら、康平に連れられて行った故郷の灯台のことを思い出していた。

思えば、なんて遠くまで来たのだろう。

水平線のかなたに向かう船を目で追いながら、紗枝はぼんやりと思った。

それからどれくらい時間が経っただろう。太陽がゆっくりと海に飲み込まれていく。海と空が赤く染め上げられる。

それは父の写真で見た以上に鮮やかな赤く燃えるような色だった。

紗枝は思わず立ち上がり、完全に没するまで、夕日を見送った。

次の日、ホテルから出て歩き出した紗枝を、懐かしい気配が呼びとめた。背後でハナミズキの花びらが舞うゆったりとした空気を感じた。それと同時に花の香りがふっと立ち上る。

ぱっと振り返って辺りを見回したが、ハナミズキの姿は見当たらない。

気のせいか。

歩き出そうとした紗枝の視線が一軒のパブのショーウィンドウを捉えた。

港町にふさわしい、様々な船の模型を飾ったショーウィンドウだった。立派な帆船などが飾られている中に、不格好な日本語の文字が見えた。

「ガンバレ紗枝」

紗枝は思わず、ウィンドウに張り付いて、雷に打たれたようにその字を眺めた。

そこにあるのは、あの康平丸の模型だった。

紗枝はガラスに顔をつけて、信じられない思いで、食い入るように船を見た。

何度見ても信じられないことに、それは康平丸だった。「ガンバレ紗枝」という旗もそのままだ。旗の端は少しぼさぼさとけば立っていた。

思いがけない光景に、紗枝の心臓はとくとくと早鐘のように打った。

紗枝はすぐさまパブに駆けこんで、店主に話しかける。

「あそこに飾ってある船はどうしたんですか？」

旗が立ててある日本の漁船と説明すると、店主はああという顔になった。

「あれは、二、三日前に日本人が置いていったんだ」

「日本人？」

「この街には、毎年あんたの国から大きなマグロ漁船が立ち寄るんだ。そのマグロ漁船に乗ってる漁師だって言ってたよ」

オーナーはショーウィンドウに行って、康平丸を鷲づかみすると紗枝に渡した。

「なんでも、この船の本当の持ち主は、この街で生まれたって言ってたよ。あんたの知り合いなのかい？　もしかしたら、まだ港にいるかもしれんぞ」

そう聞いた途端、紗枝は康平丸を握りしめながら、港に向かって全速力で駆けだしていた。

途中、曲がるべき角を何度も間違えながら、紗枝は足を決して止めることなく、港に向かって疾走する。

ようやく港にたどりついた時には、漁船はすでに港を出たあとだった。

「康平君！」

遠ざかる船に向かって紗枝は大声で呼びかける。

「康平君！」

荒い息の中、肺に残った息を全部声に変えて紗枝は叫んだ。

しかし、船は遠ざかり、そのまま水平線の彼方に消えてしまった。

紗枝はその場に立ちつくしたまま、いつまでも見えなくなった船を見送っていた。

涙が頬を伝う。

涙を拭った手に握られていた康平丸を紗枝は改めて見た。

「ガンバレ紗枝」

遠い遠い地でひっそりと送られていたエール。紗枝は何度も、康平のへたくそな文字を目でなぞった。

世界を股にかける漁師になる。

高校生の時に、康平が口にした約束がふっと脳裏に蘇った。

康平は夢を叶えたのだろうか。

紗枝が生まれたこの場所を康平は覚えていたのだろうか。

紗枝は康平丸を抱きしめながら、いつまでも水平線を見つめていた。


九月、紗枝はニューヨークでの仕事を辞め、北海道に帰った。

編集部は随分引きとめてくれたけれど、紗枝の気持ちはもう決まっていた。

故郷はまったく変わらないようでいて、少しずつ変化していた。

ローカル線の車輛がリニューアルされていることに、紗枝は驚き一抹の寂しさを味わった。

紗枝は帰国の日をあらかじめ良子に知らせていた。

良子はその日に帰国を祝うバーベキューを用意してくれていた。

「お祝いは嬉しいけど、どうしてバーベキューなの」

そう尋ねた紗枝に、良子はいたずらっぽい笑みを浮かべた。

「真人が作るバーベキューソースが絶品なの。紗枝にも早く食べてもらいたくて」

「はいはい。ご馳走様。バーベキューの前にお腹いっぱいだよ」

紗枝がからかうと、良子は顔を真っ赤にした。

良子にプロポーズした相手、それはずっと幼いころから良子を思い続けてきた真人だった。

良子は彼のプロポーズを受け、昨年、入籍したのだ。もう夫婦となって一年ほど経つはずなのだが、未だ新婚気分らしい。

バーベキューには、みなみと保、それから二人の間に生まれた二人の男の子も参加した。

父親の自覚が芽生えたためか、頼りなかった保もどことなくしっかりして見える。

みなみにそう言うと、「まだまだなんだけどね。教育中」と笑った。

真人のバーベキューソースは良子の言う通り、絶妙の味だった。しかし、材料も分量も秘伝らしい。

「紗枝が嫁に行くときは、俺がこっそり教えてやっからよ」

「そのときはよろしく」

紗枝はにやっと笑った。

肉が焼けるのを待つ間、真人は皆に良子とのツーショット写真を披露した。結婚式を挙げる代わりに二人はドレスとタキシードを着て、写真館で写真を撮ったのだ。

「お母さん、これいつ撮ったの？」

「私は、この年で恥ずかしいって言ったんだけど」

良子はもじもじと照れている。

「なんもだ。何も恥ずかしいことねえべ。一生の記念だもな。なあ、いい女だべ、綺麗だべ」

写真をみんなに見せつけながら、はしゃぐ真人の姿は良子への愛情があふれかえっていて、見ていて微笑ましかった。

「真人兄ちゃん、よかったね、初恋が成就して」

紗枝が笑顔で祝福する。真人は照れたような顔をしながらも、堂々と胸を張って「おう」と答えた。

バーベキューも一段落し、子どもたちもはしゃぎ疲れたのか、電池が切れたように昼寝をしている。

母親業から一時解き放たれたみなみと、紗枝は久しぶりにゆったりした気分で向かいあっていた。

「なんかこの町も寂しくなってしまったもね」

「……そう？」

帰って来たばかりの紗枝にはまだあまり実感がない。

「友達ももう地元に残ってる人は誰もいないし」

「洋も釧路さ行ってしまったし、結局残ってるのはうちだけだもな」

ビールを片手に保がふらりとやってきて、横に座った。

紗枝はちょっとためらった後、思い切って尋ねた。

「康平君は……今、どうしてるの？」

みなみと保は顔を見合わせた。

「それがよく分からないのよ」

「おふくろさんと美加ちゃんは、帯広の親戚んとこいるけど、康平はほら、リツ子とも別れちゃったべ」

初耳だった。こわばった紗枝の表情に気付かず、保は話を続ける。

「それで……仕事探すって出てったっきり。まあ、あいつのことだから、元気でやってると思うけどな」

沈んだ空気を払拭するように、みなみは明るい声で言った。

「元気でやってるよ。やっててくれなきゃ困るよ！」

「そうだね」

紗枝は頷いた。紗枝の脳裏にカナダで見た、遠く小さな船影が浮かぶ。

康平は海と一緒にいる。そう思えば、きっと大丈夫な気がした。夢と一緒にいるのだから、きっと元気なんだと、そう信じられる気がした。


洋が釧路に行ったのには、理由があった。リツ子の存在が気がかりだったからだ。康平と離婚したリツ子は釧路のスーパーでレジ打ちのパートをして暮らしていた。

そのことを知った洋はすぐさま釧路の港に移り、リツ子の職場に客として足しげく通うようになった。

告白どころか、プロポーズまでしたが、どれも全て無視されるか、きっぱりと断られていた。それでも洋はめげずに新たな作戦を練った。今回の作戦には小道具を使った。かごに入れたバナナに「一緒になってください」とマジックで書いてリツ子の前に出したのだ。

リツ子はクールに眉をはね上げると、レジを打ちながら、ため息をついた。

「売り物に落書きしないで。あと、言ったべ。漁師はもうこりごりだって」

「漁師辞めてきた」

リツ子は思わず手を止めて、洋の顔を凝視していた。

洋は頭をかいてすぐに「嘘だ」と告げた。

リツ子は猛烈な勢いでレジ打ちを再開する。

「漁師辞めるのは嘘だ。俺には漁師しかできねえもな」

しょんぼりと大柄な男がうなだれている。丸めた背中は大きく弧を描いていた。

「百二十八円です」

バナナの入った袋を突きつけると、リツ子はぶっきらぼうに続けた。

「六時に終わっから。駐車場で待ってて」

じわじわと洋の顔に笑みが広がる。一点の曇りもない、全ての細胞で笑っているような、笑顔だった。

「お、おお、分かった。待ってっから。釣はいらねえからよ！」

そう言って洋は飛びあがり、天に向かって拳を突き上げると、リツ子に何度も何度も手を振って店を出ていった。

子どものようなあからさまなはしゃぎようにリツ子は苦笑する。

次の客のかごを受け取って、金額を打ちこみながら、時計にちらりと目を走らせる。思ったよりも六時を楽しみにしている自分に気付いてリツ子は、ふっと笑った。

帰国した次の日、紗枝は朝早く自分の家に向かって歩いていた。どうしてもハナミズキの木が見たくなったのだ。

今、良子は真人の家で暮らしている。圭一の思い出のある家で、二人の新生活を始めることにためらいがあっただけでなく、現実の問題として、牛舎などがあるため、良子たちの家をベースにするわけにはいかなかったのだ。

今は誰も暮らしていない紗枝の家は朝もやに包まれていた。

秋のハナミズキは赤く色づいている。

久しぶりに見るハナミズキは、記憶の中のものより少し小さく華奢に見えて、紗枝は胸の奥がじんと痛んだ。

じっと見上げていると、背後から声がかかった。良子の声だった。

「今年はいい色に紅葉してる」

紗枝は振り返らず、黙って頷いた。

「大きくなったね。この木も」

「……そうだね」

以前より小さく見えた木。しかし、種から芽が出た直後や、風にも負けそうな若木だった頃を思えば、見違えるほど大きく育った。

もう、ちょっとやそっとの風に負けることもない。

風でハナミズキの葉がさやさやと揺れた。まるで炎が揺らめいているようで、紗枝は見とれた。

良子が落ちていたハナミズキの実を拾い上げる。手の中で転がしながら、しみじみとした口調で続けた。

「今だから言うけどさ。お母さんは、お父さんのこと恨んだこともあったんだよ」

良子はこれまで紗枝に父親の悪口のようなことは何一つ言ったことがなかった。

「北海道にフラっと現れて、カナダまで追いかけて。なのに、またどこかへ行っちゃって。ここに三人で一緒に住んだのは、少しの間だったけど。その間、働きながら看病してすごく大変だったけど。でもね、最期にお父さん私に言ったのよ。〝ありがとう〟って」

「ありがとう?」

「紗枝を生んでくれて、最期に一緒にいてくれて、ありがとうって」

紗枝は幸せだった。多くの人の祈りに助けられ、守られ、導かれ、ここにたどり着いた今、しみじみと幸せが体の内から込み上げてくるのを感じていた。

そして、母にずっと聞きたかったことを聞いた。

「お母さん。お母さんは今、幸せ?」

「私はずっと幸せよ、こうやって……お父さんに見守られて生きてるんだから」

良子の言葉に、紗枝は改めてハナミズキを眺めた。

何より、この木が自分を見守り、導いてきてくれたのだなと思う。

ハナミズキの鮮やかな赤は、北海道の抜けるような青空によく映えている。

紗枝は、カナダで見た夕日の鮮やかな色を思い出していた。


紗枝が帰国してから一年半が経った。

半年前までは空き家だった紗枝の家には、子どもたちの元気な声が響いている。

リビングだった場所は今、英会話教室として使われていた。

『三匹の子ブタ』の物語を英語で読む紗枝に続いて、子どもたちが繰り返す。紗枝は手作りの紙芝居やオオカミの人形を使って、飽きっぽい年頃の子どもたちの関心を引きつけ、授業を盛り上げていた。

紗枝が昨年から始めた英会話教室は、口コミで少しずつ生徒が集まり、今ではクラスを増やさなければならないほどになっていた。

自分にはやはり英語しかないから、という理由で開いた英会話教室だったが、実際始めてみると、教えることの奥深さにすっかり夢中になった。自分の教え方一つで、子どもの目の輝きが変わる。きらきらした子どもたちの目を見渡しながら、こんな瞳を北見は世界中で見てきたのだろうか、と思う。

授業を終え、元気よく教室から駆けだす子どもたちを、紗枝は家の前の道まで送り出した。全員の姿が見えなくなると、紗枝は庭に引き返し、ハナミズキの前に立った。

季節は春。庭は一番美しい季節を迎えていた。

ハナミズキはすでに満開で、薄紅色の花を誇らしげに咲かせている。

その花の下に立ちながら、高校生の頃の自分が、今の自分を見たらどう思うだろうとふと思った。海外生活に破れて逃げてきたと思うのだろうか。それとも、今の穏やかな暮らしを認めてくれるのだろうか。

前者だろうな、と紗枝は思う。あの頃は前しか見ていなかった。未来は前にしかないと信じていたのだから。

紗枝は花びらに手を伸ばそうとハナミズキの木に一歩近づく。

その時だった。

通りの向こうから、荷物を持った一人の男が近づいて来た。男は紗枝の顔を認めた途端、幽霊でも見たような顔をして、立ち止まった。

康平だった。

紗枝もまた動けずにいた。近付けば康平の姿が消えてしまうのではないか、と半ば疑っていた。

二人の間にハナミズキの花びらがはらはらと散った。

康平は呪縛から解かれたように動き出すと、持っていた鞄の中から模型の船を取りだした。

カナダのパブに置いてあった康平丸だった。

「……これ。これ書いたの……紗枝？」

康平は紗枝に向かって康平丸の旗を指し示す。

「ガンバレ紗枝」という康平の文字の裏側には、以前にはなかった文字があった。

「ありがとう」紗枝の字だった。

海を越え時間を越えて紗枝の思いが康平に届いたことが嬉しくて紗枝は笑った。そして、
笑顔のままで、康平に向かって小さく頷く。

康平もゆっくりと笑みを返した。笑うことを忘れていたようなぎこちない笑いだった。

「……おかえり」

さらりとした口調で紗枝が言う。康平はかすれた声で応えた。

「ただいま」

二人は一歩ずつ歩み寄る。少しずつゆっくりと二人の距離が縮まっていく。

「おかえり」

今度は康平が言った。紗枝がはにかむような笑みを浮かべながら応える。

「……ただいま」

二人の頭上では、満開のハナミズキが見守るように柔らかな花びらをそっと揺らしていた。

構成協力　小山田桐子
出版協力　ＴＢＳテレビ　コンテンツ事業局ライセンス事業部

この作品は映画「ハナミズキ」の脚本をもとに書き下ろしたものです。
原稿枚数305枚（400字詰め）。
ＪＡＳＲＡＣ　出1008066-002

ハナミズキ

吉田《よしだ》紀子《のりこ》

平成22年7月30日　初版発行
平成22年8月20日　3版発行

発行人——石原正康
編集人——永島賞二
発行所——株式会社幻冬舎
〒151-0051東京都渋谷区千駄ヶ谷4-9-7
電話　03(5411)6222(営業)
　　　03(5411)6211(編集)
振替00120-8-767643
印刷・製本—株式会社 光邦
装丁者——高橋雅之

幻冬舎文庫

ISBN978-4-344-41510-2　C0193　よ-8-2